écriture　新人作家・杉浦李奈の推論 Ⅷ

太宰治にグッド・バイ

松岡圭祐

角川文庫
23551

目次

作家太宰治、五通目の遺書発見か（２０２３年２月21日　讀賈新聞朝刊記事）

三十八歳の若さで世を去った文豪・太宰治（一九〇九――一九四八）の幻の遺書とみられる文書が、七十五年ぶりに発見されたことを、文部科学省が公表した。

「人間失格」を脱稿し、朝日新聞の連載小説「グッド・バイ」の執筆を開始しながら、昭和二十三年六月十三日深夜、山崎富栄（享年28）と玉川上水に入水自殺。翌日、四通の遺書が見つかった。美知子夫人宛、小料理店「千草」の鶴巻夫妻宛、出版雑誌社宛、友人宛だった。

今回発見された五通目の遺書とみられる文書は、伊勢元酒店の関係者の子孫宅に保管されていたことが判明した。科学鑑定により美知子夫人宛の遺書と同じ半紙、同じ毛筆、同じ墨汁が用いられたと証明されている。これを受け文科省嘱託の筆跡鑑定家、南雲亮介氏（62）が鑑定を進めているが、太宰本人の筆である可能性が極めて高いことから、正式な鑑定結果がでる前に公表に至った。

五通目の遺書とみられる文書には、従来の遺書で曖昧にされてきた心中の動機が、具体的かつ明確に綴られているという。

1

二十四歳の杉浦李奈《すぎうらりな》は花粉症だった。今年もまた鼻が赤くなるのが気になる、そんな季節になってしまった。

この時季はなにを着るかをきめるのにも苦労する。ダウンコートやマフラーを身につけると、日中の気温が案外あがってしまう。きょう昼下がりの新宿区《しんじゅく》は晴れていた。ロングコートで持たせられそうなのは幸いだった。

新潮社の社屋から、担当編集者に付き添われ、牛込中央《うしごめちゅうおう》通りの歩道に送りだされる。エントランスをでると、黒縁眼鏡の三十代男性、編集者の草間《そうま》がいった。「杉浦さんの今度のプロットは、じつに秀逸ですよ」

李奈は面食らった。「ほんとですか」

「編集長も褒めてます。ぜひうちでださせてください」

「それはもう、こちらこそ……。よろしくお願いします」

「本屋大賞の実行委員によると、『マチベの試金石』はとても好評だったそうですね。杉浦さんの努力が実りつつあります」

「でもノミネートどまりでしたし……」

「注目度はあがってますよ。重版がきまったんでしょう？　おめでとうございます。杉浦さんは前途洋々ですよ」

「だといいんですけど」

「私がこうしてお見送りにでてるんですから、それがなによりの証拠ですよ。慎重な新潮社の社員が」

李奈は苦笑してみせた。慎重な新潮社とは、小説家のあいだではよく飛び交うフレーズだった。売れそうな本かどうかの判断基準がシビアで、初版部数も増刷分もまさしく慎重の極み。

そんな新潮社で原稿執筆の段階に進めたのは、たしかに小説家として成長できた証《あかし》かもしれない。これも本屋大賞ノミネートの効果だろうか。とはいえまだコンビニのバイトを辞められるほどの収入にはほど遠いのだが。

李奈は草間にきいた。「いま新潮社さんではどなたの本が売れてるんですか」

「地下鉄の入口までご一緒しましょう」草間が歩きだした。「新潮文庫の注文数で急上昇してるのは太宰治《だざいおさむ》ですよ」

「あー、やっぱり」李奈は歩調を合わせた。「あの報道があったから……」

「そうです。いままでダントツに売れてたのは『人間失格』で、次が『斜陽』だったんですが、今度は急に『グッド・バイ』が伸びてきていて」

『グッド・バイ』は太宰治の最後の作品、未完の遺作だった。李奈はうなずいた。

「五通目の遺書発見ってニュースの影響でしょうね」

「ええ。『人間失格』や『グッド・バイ』には、太宰が自殺に至るまでの思いが綴《つづ》られているとの意見もありますし、遺書の内容が発表される前に読んでおこうと考える人が多いのかも」

都心のわりには人通りの少ない歩道を、ふたり並んで進んでいく。脆《もろ》い陽射しが降り注ぐものの、この道沿いには裸の街路樹を見かけない。おかげで寒々とした気分にならずに済む。

李奈は歩きながらたずねた。「遺書の内容をご存じですか」

「五通目の?」草間は首を横に振った。「まさか。南雲《なぐも》さんの筆跡鑑定が終わるまで、誰にも開示されませんよ」

「業界にコピーの一枚もでまわっていないんですか?」

「文科省の肝いりですからね。そのうち大々的に発表する気でしょう。発見者である伊勢元酒店の関係者の子孫というのが、じつは文科省の官僚らしくて、古い家財の整理中に偶然見つけたようです」

「へえ……」

「まず科学鑑定の専門家に調べてもらったところ、半紙や墨汁が当時の物との結果がでて、あらためて筆跡鑑定の第一人者、南雲氏に預けたとか」

「なら少なくともその官僚さんと、科学鑑定の専門家さんは、太宰の遺書を読んでるんですよね？」

「正確には〝太宰の遺書とみられる文書〟です。可能性は高くても、いちおう筆跡鑑定の結果まちですから」

李奈は笑った。「あー。そうですね」

「官僚は当初、太宰の遺書とは考えもしなかったらしく、ただ時代測定のため科学鑑定を依頼したようです。経費は使い放題だし、丸投げも官僚の得意技ですから」

「……あまり読みこんでいなかったということですか？」

「あまりどころか、ほとんどなにも読んでいなかったそうです。科学鑑定の専門家から連絡があり、太宰のほかの遺書とデータが一致したため、筆跡鑑定にまわすことになったとか」

「呑気《のんき》な官僚ですね。なら科学鑑定の専門家さんから筆跡鑑定の南雲さんへと、太宰の遺書は直接渡されたわけですか。あ、遺書とみられる文書が」

「その時点では官僚も真価を理解できていなかったんでしょう。太宰が心中した翌日、すでに四通の遺書が見つかってますし、また抽象的な内容にすぎないだろうと高《たか》をくくっていたんです。ところが南雲さんは興奮して、心中の動機や経緯のすべてが記されてると、知り合いに吹聴《ふいちょう》して」

「吹聴……。なのに詳しいことは教えてくれないんですか?」

草間はにやりとした。「南雲さんは芝居がかったやり方を好むんですよ。裁判における筆跡鑑定を依頼された場合でも、法廷で発表するぎりぎりまで真実を伏せたがる。弁護士や裁判長が苦言を呈することも多くあったそうです。でも信頼度は折り紙つきで、AIによる筆跡鑑定の精度を、軽く凌駕《りょうが》するとか」

「それだけの人が、興奮ぎみに語ったというだけで、もう太宰の遺書だと確定したみたいに報じられたんですか。文科省が内容を確認していないのに?」

「嘆かわしいことですが、世間にとっては遺書の内容より、太宰治という有名な作家の遺書発見、そのニュースだけで充分なんですよ」神楽坂《かぐらざか》駅への階段の下り口に近づいた。草間が足をとめた。「では杉浦さん。新作の原稿、期待してますよ。頑張って売れ行きの上位をめざしましょう」

「ありがとうございます」李奈は階段を下りかけて、ふと振りかえった。「あのう、草間さん。ちなみに太宰治の本は、いまどれぐらい売れてるんですか」

「新潮文庫での太宰の文庫本は、約千五百万部です。今度の報道で『人間失格』が十万部、『グッド・バイ』が七万部、『斜陽』が五万部の増刷《ぞうさつ》になりました」

「ああ……そうですか」

会釈したのち、李奈は気もそぞろに階段を駆け下りた。頭がくらくらしてくる。令和の世にあってもさすが太宰、まさしく現役の人気作家だった。とっくに著作権が切れていて、ネットでも無料で読めるのに、この不況下で圧倒的な売り上げを誇る。初版六千部の李奈には立つ瀬がないではないか。

2

多少は生活にゆとりができ、一張羅だったよそゆきドレスが、いまは三着に増えた。李奈には喜ばしいことだった。おかげで書店でのサイン会に、毎回同じ服で現れずに済む。

紀伊國屋《きのくにや》書店新宿本店の二階、文庫売り場の一角に李奈はいた。杉浦李奈先生サイン会と大書された看板を背に、長テーブルにつかねばならないとは、なんとも気恥ずかしい。周りに本を買い求める人たちが右往左往するなか、ひとり晒《さら》し者のように座らされる。講談社の新刊書籍説明会並みに頭に血が上ってくる。

緊張が募るのは一緒にいる兄のせいかもしれない。日曜でもスーツ姿、三つ年上の航輝《こうき》が、近くでそわそわしながら立っている。「全然人が集まらないなぁ……」

すると李奈と同い年の作家仲間、那覇《なは》優佳《ゆうか》が咎《とが》めるようにいった。「もう。あっちを見てくださいよ、階段の出入口。このビルは狭いから、サイン会の列はみんな階段に並ばされるんです。人気作家なら地下二階まで延びてたりします」

「ほんとに？　見てこようかな」

李奈はあわてて兄を制した。「わたしの場合はそこまでは……。せいぜい一階ぐらいだと思う」

KADOKAWAの担当編集者、三十代半ばで面長に丸眼鏡の菊池《きくち》が、足ばやに近づいてきた。「杉浦さん。サインはひとりずつ、じっくり時間をかけておこなうように。〝ふだんどんな本をお読みですか〟とか〝ほかにどなたの小説がお好みですか〟

とか、なんでもいいから会話をつないで」

「喋《しゃべ》るのがあまり得意じゃないんです」

「そんなことといって、こないだの有隣堂でのサイン会じゃ、列の消化が早すぎて閑古鳥が鳴いちゃったじゃないか」

　航輝が顔に手をあてた。「あー。やっぱそうなのか。列が短いんだな」

　李奈は菊池に申し立てた。「ここの階段の列でまつのって、けっこう苦痛なんですよ。経験したことありますか。だからなるべく早く上っていただきたいんですけど」

「駄目だよ。ちゃんと話をつないで」

　優佳が横槍《よこやり》をいれた。「どうせ列のなかの一部は、菊池さんが声をかけた知り合いだよ。印刷所の人とか、角川アスキーやドワンゴの人たちが、つきあいで無理やり動員されてる。そんな人たちと愛想よく喋っても無駄」

「失敬な」菊池は優佳に嚙《か》みついた。「どこの編集者でもやってることだ」

「ほら認めた」優佳は李奈にひそひそと耳打ちしてきた。「出版関係者って案外、一目瞭然《いちもくりょうぜん》じゃん。なのに編集者の声がけで来てくれる人たちって、みんなそらぞらしい笑顔で、ファンですとかいつも読ませていただいていますとかいうんだよ。子会社の人材をいかにこきつかってるか、大手の企業体質が知れるよね」

菊池が苦言を呈した。「那覇さん、妙なことを吹きこまないでくれるか。そりゃ誰も来なかったら困るから、担当編集はできるだけ人集めに奔走するよ。でも杉浦さんにはもう読者がついてるじゃないか。きょうはサクラなんてほんの数人……」

書店員がフロアに声を張った。「それでは杉浦李奈先生のサイン会を始めます!」

李奈はあわてて居住まいを正した。周りに立つ菊池や優佳、兄の航輝もこわばった笑いを浮かべる。まるで身内と知り合いで始めた商売のようだ。

階段から十人前後の客が、書店員の誘導により、ぞろぞろとフロアにでてくる。売り場の邪魔にならないためには、それぐらいずつしか招けない。みなレジで購入済みの李奈の著書と、自分の名を書いた小さな紙を持っている。宛名《あてな》の漢字をいちいち問いかける手間を省くためだった。

先頭は若い女性客で、こんにちはと挨拶《あいさつ》したのち、『マチベの試金石』を差しだしてきた。見返しにサインをしながら李奈はきいた。「ほ、ほかにどなたの本をお読みですか」

女性客が顔を輝かせた。「それはもちろん太宰治です」

「でしょうね」李奈は思わず笑った。「発見された遺書が気になりますよね」

「はい! コピーが売りだされたら、真っ先に買ってしまいそうで……」

太宰についての会話が長引き、菊池が咳払《せきばら》いをした。李奈は冷や汗をかきつつ、サインした本を菊池に引き渡した。菊池は立ったまま、グラシンペーパーを見返しに挟み、本を女性客に差しだす。インクが中表紙に移らないようにするため、グラシンペーパーは必需品だった。

次から次へと読者と面会し、本にサインをしていく。話題はみな判で捺《お》したように太宰治だった。

とにかく太宰の遺書の内容が知りたい、誰もがそんなふうに声を弾ませる。李奈の本そっちのけで、太宰について熱弁を振るう男性客もいた。

最初の十人前後を消化し、次のグループが階段から呼ばれるまで、しばし間があった。李奈はため息をついた。読書家の大半が太宰に関心を向けている。やはり太宰は本好きの心をとらえて放さない。

航輝が眉《まゆ》をひそめた。「なにがそんなに太宰治なんだ？」

優佳は冷やかに航輝を横目で見た。「読んだことあります？」

「『走れメロス』だけ。国語の教科書に載ってた」

「それじゃ話になんない。せめて『人間失格』は読んでくださいよ」

「どういうとこが魅力なんだ？」

「よくいわれてるけど共感……かな。読み手のなかにあるせつなさみたいな感情を、ずばりと文章に表してくれてるんです。この人は誰よりもわたしのことをわかってるって気持ちになります」

航輝は妙な顔を向けてきた。「李奈もそうなのか？」

「『人間失格』の共感性はたしかに半端ないの。なんで自分が駄目なのかってのが、ぜんぶあきらかにされたような気がして。書き手の苦悩をわかってあげたくなるし、信じてあげたくもなる」

「そんなにハマるのか？　男でも理解できるのかな。みんなが遺書を読みたがってるのは、なぜ死んだか気になってるからか？」

「それはもちろんそう。『人間失格』が堕《お》ちるところまで堕ちた自叙伝かと思いきや、遺作の『グッド・バイ』は吹っきれたように落語調で軽妙で、それも途中で終わってて……。とらえどころがないのに、こんなにも共感できるなんて、ほんとはどういう人だったのか知りたい」

菊池がいった。「弊社『ダ・ヴィンチ』の記者も、じきに南雲さんの家を訪ねるかもってさ。『週刊現代』『週刊ポスト』『週刊文春』『週刊新潮』、各社が南雲さん家《ち》に押しかけようと、ひそかに画策してる」

李奈は驚いた。「押しかける？　そんなことしていいんですか」

「南雲さんの奥さんが、週刊誌記者らの問い合わせに対し、よければいらしてくださいといったからだよ。筆跡鑑定の報告書があがるのはいつかと、記者たちが毎日のようにたずねるからね。水曜に報告書ができるときいてるから、その日に来ていいって」

きょうは日曜。水曜は三日後になる。李奈は菊池に問いかけた。「みんなで宴会でも催すんでしょうか」

「まさか。どの週刊誌も他社をだし抜こうと必死でね。いちおう紳士協定に基づき、南雲さんに記者会見を迫ったけど、本人にその気がないらしくて」

「南雲さん夫婦も気の毒ですね……」

「気の毒？　どうだか。もとはといえば、南雲さんのショーマンシップが原因だよ。遺書の内容をひた隠しにする一方、筆跡鑑定の結果は本物の可能性が高いと触れまわって、しかも衝撃的な内容だとか吹聴《ふいちょう》してる。やたら注目を集めたがってる」

「記者会見を敬遠してるのにですか」

「緊張を強いられる記者会見は嫌でも、南雲さんは賑《にぎ》やかなのが好きな人らしい。ほんとはテレビ局や新聞社からも、大挙して取材に押し寄せてほしいと思ってるんじゃないか」

次の十人前後の客が案内されてきた。李奈は太宰に関することを、いったん頭から追い払った。

今度のグループの最後は、四十代ぐらいの男性だった。髪を七三に分け、きちんとスーツを着て、コートを脇に抱えている。出版関係者ではと疑ったが、どうもちがうようだ。顔は浅黒く日焼けし、声がよく通る。どこか体育会系の性格がのぞいている。

添えられた紙に名前が書いてあった。扇田陽輔《おうぎだようすけ》。

李奈はきいた。「サインにこちらのお名前を添えさせていただいてよろしいですか」

するうと扇田なる男性が告げてきた。「名前より先生の座右の銘を」

思わず手がとまる。きた。これも小説家のサイン会あるあるだった。

「ええと」李奈は戸惑いがちにいった。「座右の銘って……。初心忘るべからずとか、継続は力なりとか、そういうのでしょうか」

「純粋にこの本を著したときの気持ちを書き添えていただければ……。岩崎翔吾《いわさきしょうご》事件に立ち向かったときの心構えを」

李奈ははっとした。手もとに差しだされた本は文芸書ではない。『偶像と虚像』。岩崎翔吾の盗作疑惑と自殺に関するノンフィクションだった。

いっそう当惑が募る。李奈は扇田を見上げた。「特に心構えなんてありませんでした。ただ知りえたことを書いただけで」

菊池が遮った。「すみません。あとがつかえていますので、座右の銘はまた次の機会に」

扇田は表情を変えなかった。黙って李奈の手もとをじっと見ている。困惑をおぼえたものの、李奈はサインと宛名だけを書いた。菊池がグラシンペーパーを挟み、本を扇田にかえす。扇田は不満をおぼえたようすもなく、微笑とともにおじぎをし、その場を立ち去った。

また次のグループが来るまで間が空いた。李奈は椅子の背に身をあずけた。「いまの人は……?」

優佳が前のめりに告げてきた。「怪しいよね。またエルネストの鴇巣《ときのす》みたいな手合いかも。尾行しようかな」

「やめてよ。危ないから」

「サイン会って招かれざるタイプばかり来がち」優佳が嘆いた。「イケメンとかちっとも現れない」

ふと思いだした。李奈は優佳にたずねた。「そういえば柊《ひいらぎ》さんって来てないね」

「柊日和麗《ひかり》？　ああ、たしかに。まさか列に並んでるのかな」

菊池が首を横に振った。「彼もプロの小説家だよ。同業の応援に来るのなら、ちゃんとここに現れるはずだ」

そのとおりだった。柊日和麗、二十八歳。もちろんペンネームだろう。三年前、長編小説『旅路のひとつ』でデビュー。最新刊『粉雪の降る窓辺』で、李奈と同時に本屋大賞にノミネートされた。太宰とはまるで異なるが、別の意味で繊細な純文学系の私小説で、なんともいえない風情に満ちた文体が特徴的だった。

ふたりとも受賞を逃したのち、パーティーの席で李奈は柊に会った。色白で線が細く、無口で控えめな男性だった。少しだけ言葉を交わした。柊は小説を書く苦労を口にしてきた。思いは同じだと李奈は感じた。また会うことを心から望んだ。すると柊からラインのメッセージがきた。サイン会の開催を祝う言葉とともに、柊も顔をだすと約束した。李奈は純粋にその申し出を喜んだ。

以降は連絡がない。何度かメッセージを送ったものの既読がつかなかった。きょうは会えると思っていたのに。

航輝が疑わしげに李奈の顔をのぞきこんだ。「おい……。まさかそいつに気があるのか」

「ま、まさか」李奈は動揺とともにいった。「っていうか、そんなにわたしの心配ばかりしないでよ」

優佳が口をとがらせた。「そうですよ。妹さんが誰とつきあおうが、お兄さんには関係ないでしょ」

またも航輝が気遣わしげな態度をしめした。「つきあおうとしてるのか?」

李奈はやれやれという気分で目を逸《そ》らした。ちょうど次のグループが近づいてきた。航輝や優佳も姿勢を正さざるをえなくなった。李奈は内心ほっとした。

階段から案内される十人前後のなかに、柊日和麗の顔を探してしまう。そんな自分の煩悩にあきれる。せっかくのサイン会だというのに、どうしてほかの作家にばかり心を奪われるのだろう。サインするのではなく、もらう立場に戻りたいとさえ思う。執筆は好きだが、それ以外の時間は文芸の愛読者でいたい。有名人みたいに振る舞いたくない、有名人でもないのに。

3

午前二時すぎ、李奈は阿佐谷《あさがや》のマンション二階の自室で、小説の執筆を進めていた。

この1LDKの部屋にも馴染《なじ》んできた。以前の木造アパートとちがい、階上の足音が響かないのが嬉《うれ》しい。静まりかえった深夜にパソコンのキーを打っても、鉄筋コンクリート造なら壁ごしに響かないとわかったのも、心底ありがたい。

一方で昼夜逆転の生活がふつうになってしまう。コンビニバイトのシフトを減らしたせいで、朝に起きる習慣が崩れつつある。人間に快適な一日は二十五時間らしいが、専業作家になるとそのとおりに暮らすため、毎日寝る時間が一時間ずれていく。いつしか昼族から夜族となり、また昼族に戻る。それで構わない人生に早くなりたい。

でかける予定がほとんどなく、ただ寝たり起きたりを繰りかえすため、いでたちもみっともない。いまも休日のOLさながらのジャージ姿にすっぴん、ぼさぼさ頭だった。部屋も散らかってきている。きょうが何日か、パソコン画面の右下を見るまでわからない。

ぼうっと妄想にふけっては、文章表現を模索し、キーボードに指を走らせる。いつものようにそんな時間がつづく。ふいにチャイムが鳴るのを耳にした。

　李奈はびくっとした。一瞬の前後不覚におちいる。いま何時だっけ。午前二時十二分。誰がインターホンを鳴らすというのだろう。

　鴇巣が起こした騒動のせいで、ここの住所がネット上に流出した。片っ端から削除の手続きをとった結果、読者が訪ねてくることも最近は減ったが、夜中のチャイムはさすがに怖い。李奈は腰が引ける思いでインターホンに歩み寄った。通話ボタンを押すと、小さなモニターが点灯した。オートロックのエントランス前に立つ人物の顔が映しだされる。

　思わず驚きの声を発した。「菊池さん!?」

　KADOKAWAの担当編集者、菊池の顔がそこにあった。「杉浦さん、こんな時間に申しわけない。でかける準備をしてくれないか」

「はあ？　なぜですか」

「行きがてら説明するよ。緊急なんだ」

「そういわれても、外にでられる状態では……」

「わかってる。だから急いでほしいんだよ。メイクはいいから」

　そんなわけにはいかない。けれども無視するわけにもいかなかった。李奈はいった。

「まっててください。支度します」

セーターにスカート、その上にコートを羽織れば、服装はなんとか見られるものになる。急ぎドライヤーで髪を整え、軽くメイクを施す。まさしく寝坊した朝の出勤前に等しい。

ハンドバッグ片手に部屋をでて、階段を駆け下りる。エントランスのガラス戸の外に、ダウンジャケット姿の菊池が立ち、さかんに腕時計を眺めていた。菊池は李奈に目をとめるや、閑散とした夜の歩道を歩きだした。

すぐ近くにタクシーが待機している。まっているあいだもメーターが回っていただろう。ケチなKADOKAWAの社員がめずらしい。李奈はたずねた。「なにがあったんですか」

「まず乗ってくれ。話はそれからだ」菊池が急《せ》かした。

釈然としない気分のまま後部座席に乗りこむ。並んで座った菊池がドライバーに行き先を告げた。「渋谷《しぶや》区松濤《しょうとう》四の十二」

タクシーが走りだす。李奈はあわててシートベルトを締めた。「松濤？」

「南雲さんの自宅だよ」菊池がそわそわしながら応じた。「ほら、日が明けてきょうは木曜だろ。きのうの水曜からずっと、雑誌記者たちが南雲さん家に詰めてた」

ああ。もうそんなに日数が経っていたのか。李奈の気分は昂揚《こうよう》しだした。「太宰の遺書、本物だったんですか?」

菊池は難しい顔のままだった。「南雲さんが亡くなった」

「……はい?」

「書斎でボヤがあって、煙が充満してるなか、机に突っ伏してたそうだ。検死はこれからだが、警察によれば一酸化炭素中毒の可能性が高いとか」

「ちょ、ちょっと」李奈は動揺せざるをえなかった。「いったいどういうことですか」

「僕も会社で残業中、武藤《むとう》から連絡を受けたばかりで……。ああ、武藤ってのは『ダ・ヴィンチ』の記者だよ。他社の週刊誌記者らに交ざって、彼もきのうから南雲さんの家にいた」

「ボヤはもう消しとめられたんでしょうか」

「武藤の話では消防が来る前に、記者連中で消火器を浴びせ、書斎の一部が焼け焦げただけで済んだそうだけど……。太宰の遺書は灰になった」

小説で用いる常套句《じょうとうく》、頭を殴られたような衝撃とは、まさにこの感覚にちがいない。李奈は菊池を見つめた。「燃えちゃったんですか!?　太宰の遺書が」

「落ち着いてくれ。正確には遺書とみられる文書だよ。筆跡鑑定の比較のため、太宰の生原稿や、過去に見つかった遺書が提供されてたが、それらは無事みたいだ。燃えたのは遺書とみられる文書だけ」

「……でも灰になってるのなら、それが遺書とみられる文書だったかどうかも、正確には断定できませんよね。もしくは一部でも残ってるんでしょうか？」

「さあ。そこもまだ知らない。武藤にきいたところでは、記者たちがみんな別室でまっていたところ、なんだか焦げくさいと誰かがいいだした。南雲さんの書斎に近づいてみると、ドアの隙間からかすかな煙が漂ってきた。錠を壊して踏みこんだら室内が燃えてた」

「家のなかに煙探知機はなかったんですか」

「悪いけど向こうに着いてからきいてくれないか。南雲邸なんて、僕も訪ねたことがないんだ」スマホの着信音が鳴った。菊池が電話に応答した。「はい。……ああ、もう杉浦さんはピックアップした。いま向かってるところだ」

なぜ李奈が呼びだされたのか、その理由もさだかではない。しかしいまはショックが大きすぎ、ただ茫然《ぼうぜん》自失におちいっていた。思考が働かない。こんな小説みたいなことが起こりうるだろうか。

真っ暗な路地に乗りいれた。渋谷の派手な街並みに隣接しながら、閑静そのものの高級住宅街、それが松濤だった。道は狭いが世田谷《せたがや》ほどではない。商業施設が皆無のため、雑然としたところは見あたらない。街路灯に照らしだされた戸建ては、どれも豪邸と呼ぶにふさわしいたたずまいを誇る。

赤色灯の点滅が見てとれた。暗がりのなかに人だかりがしている。道端に停まっているのはテレビ朝日とTBSの中継車だった。菊池が顔をしかめた。「もうテレビ局が現れたのか。新聞記者も飛んできてるだろうな」

タクシーは群衆の手前で停車した。菊池がカードで支払いを済ませる。開いたドアから李奈は車外に降り立った。

産経新聞や毎日新聞の腕章を見かけた。近隣住民に配慮してか、大勢が集まっているわりに、さほど騒々しくもない。報道陣は制服警官の誘導におとなしくしたがい、規制線の手前に立ちどまっている。

太宰治の遺書とみられる文書が燃えたとは、まだ知らないのだろう。文書がここにあったことも伝わっていない。死者がでたにしても民家の火事にすぎず、ニュースバリューは低め、どの顔にもそう書いてある。情報は各週刊誌どまりで、事前には新聞やテレビにまで広まってはいなかったのか。

菊池が人混みを掻き分けていく。李奈はあとにつづいた。制服警官が黄いろいテープを持ちあげる。話は通っているらしい。李奈は菊池とともに現場に招かれた。

その先の路地には消防車が停まっていた。ただし消防士らは手持ち無沙汰《ぶさた》なようすでうろつくばかりだ。行きどまりに豪邸のシルエットが浮かんでいる。上げ下げ窓が縦に二段、二階建てだとわかる。外壁はレンガ風のサイディングボードではなく、なんと本物のレンガ造のようだ。

これまたミステリにでてくる洋館そのものだった。李奈は息を吞《の》んだ。事実は小説よりも奇なり。そんな陳腐なフレーズでしか、異様な状況を受容できない。いったいどんな事情があったというのか。

4

制服警官がさかんに出入りする南雲邸は、外観ばかりでなく、内部の隅々までが高級輸入住宅だった。靴脱ぎ場の床は大理石、玄関ホールは吹き抜けで、天井からシャンデリアが下がる。二階への階段は廊下の奥まったところにあった。そこから手前は洋室のドアが連なっている。青い制服の鑑識要員が階段を上り下りし、玄関と結ぶ廊下を往来しつづける。

廊下に立つ三十代のスーツに、菊池が声をかけた。「武藤」

男性が振りかえった。短髪に気弱そうな顔が不安げに菊池を見かえした。「ああ。やっと来てくれたか」

「杉浦さんとは初対面だよな？」

『ダ・ヴィンチ』記者の武藤が頭をさげた。「初めまして。どうも、こんな夜中にお会いすることになるとは」

その口ぶりからすると、武藤が李奈を呼びつけたわけではなさそうだ。差しだされた名刺には『ダ・ヴィンチ』編集部、武藤吉保《よしやす》とあった。

「あのう」李奈は戸惑いがちにきいた。「わたしはなぜここに……」

武藤が答えた。「警察のほうから杉浦さんの名前が挙がったんですよ。だから菊池に連絡をとりまして」

そのときドアのひとつから、中年のスーツが姿を現した。李奈はぎょっとした。七三分けに鋭い目つき、浅黒い顔の体育会系。サイン会に来ていた男性だ。名前はたしか扇田陽輔。

扇田は神妙におじぎをした。「杉浦先生。こんな時間にお呼びだしをしてしまい、本当に申しわけありません。じつは私、渋谷署刑事課の者でして」

「刑事さんだったんですか」

驚いたのは李奈だけではなかった。菊池も目を丸くしている。「なんであのとき……」

「いえ」扇田は真顔でいった。「サイン会には純粋に、杉浦先生への興味ででかけたんです。この一年間、ずいぶん多くの事件との関わりを、警察内で耳にしましたので」

菊池が扇田にたずねた。「きょうのこととは関係なく?」

「そうです。渋谷署管内でこんなことが起きるなんて、まったく予想外でした。しかし現場にKADOKAWAの武藤さんがおられて、しかも杉浦先生に連絡がつくとのことでしたので、恐れながらお願いしたしだいです。なにしろわからないことだらけですし、文芸絡みのことなので、いろいろ相談に乗ってもらえないかと」

李奈はきいた。「わからないことだらけとおっしゃると……?」

「こちらへどうぞ」扇田がドアを入っていく。

刑事がサイン会の客として現れた数日後、李奈を事件現場に招いた。それも筆跡鑑定の権威、南雲亮介《りょうすけ》が死亡した現場だ。くだんの太宰の遺書とみられる文書は焼失。

こんな偶然がありうるだろうか。いや偶然が重なったからこそ、李奈はいまここにいる、それだけかもしれない。

わりと広めの洋室は応接間兼遊戯室らしい。シャンデリアや回り縁、繊細な図柄の壁紙、大きなソファが室内を彩る。ビリヤード台やミニカウンターバー、チェステーブルは客のもてなし用だろう。テーブルにはウィスキーのボトルや、水割りをこしらえたグラスが残っている。記者たちがくつろぎながら、鑑定結果をまっていたとわかる。

いまは誰もソファに身をゆだねてはいない。ほかの刑事と立ち話をしていた四人の男が、揃ってこちらに向き直った。酒の入った赤ら顔がふたり、あとのふたりはシラフっぽい。みなスーツに皺《しわ》が寄り、ネクタイも曲がっている。待機時間がずいぶん長かったことをうかがわせる。

扇田がよく通る声を響かせた。「記者のみなさん、杉浦李奈先生が来ました」

李奈は畏《おそ》れ多く感じ、一同に深々と頭をさげた。まるで明智小五郎《あけちこごろう》ではないか。記者たちの冷やかな視線が突き刺さるようだ。

しかし李奈が顔をあげてみると、週刊誌記者らはただ無言でおじぎをかえしてきた。李奈が何者なのかたずねようともしない。もう扇田刑事からきかされたのかもしれない。

『ダ・ヴィンチ』の武藤が李奈に告げてきた。「紹介します。まずこちらが講談社『週刊現代』の浅井《あさい》さん」

角張った顔で年齢は四十前後、多少酔った感じの男性が名刺を差しだした。「浅井です。文芸第二出版部の松下《まつした》から、杉浦さんのお名前はうかがっております。今後ともよろしく」

「こちらこそ……」李奈は名刺を受けとった。『週刊現代』編集部、浅井頌栄《しょうえい》とあった。

「それから」武藤が紹介をつづけた。「『週刊文春』の岡野《おかの》さん」

三十代前半とおぼしき面長で口髭《くちひげ》を生やした男性。やはり名刺をくれた。岡野智久《ともひさ》と記されていた。

武藤がいった。「その隣は小学館『週刊ポスト』山根《やまね》さん」

どこかふてぶてしさの感じられる、酔っ払った赤い目の山根が軽く頭をさげた。年齢は四十代半ばか。名刺によればフルネームは山根宏昌《ひろまさ》。

「最後は」武藤が同じ調子で紹介した。「『週刊新潮』の……」

ほかの三人の陰になっていたせいで、顔がよく見えなかった。ところが向き合ってみると、四十代半ばのいかつい面構えに馴染《なじ》みがあった。李奈は思わず笑った。「寺《てら》島《しま》さん」

丸善版聖書事件で知り合った『週刊新潮』記者、寺島義昭《よしあき》が悪戯《いたずら》っぽい笑いを浮かべた。「いつ気づくかと思ったら」

「寺島さんも太宰の遺書について、鑑定結果をまちきれずにここへ……？」

小学館の山根が鼻を鳴らした。「僕らはみんなそうだ。上からの命令でね。特に講談社さんには先を越されるなと」

講談社の浅井が苦笑ぎみにいった。「うちは社内で『フライデー』とも争ってるんですよ。こんなふうにしなくても、先に遺言のコピーをもらって、鑑定結果だけ教えてくれたほうが手間もかからずに済んだんですが……」

高齢の女性の声が遮った。「主人は遺書の真贋《しんがん》を見極めるまで、どなたかが先走って内容を報じないよう、公平を期したんです」

浅井が気まずそうに押し黙った。ほかの記者らもばつの悪そうな顔をしている。ぼやきが夫を失ったばかりの妻の耳に入ってしまった、その失態を呪っているようだ。

李奈は振りかえった。地味ないろのロングワンピースを纏《まと》った、白髪頭の婦人が立っている。憔悴《しょうすい》した面持ちに、泣き腫《は》らし充血した目がこちらを見ていた。

張り詰めた空気のなか、扇田刑事が李奈にささやいた。「南雲聡美《さとみ》さんです」

どのように顔向けすべきか迷う。まずはお悔やみを申しあげるべきだろう。李奈は頭《こうべ》を垂れた。「このたびは……」

「なぜ夫に寄り添っていないか疑問かもしれませんけど、ここにいて答えられることには答えるべきと思いまして、いったん通夜の準備から離れました。刑事さんが小説家のかたにご意見をうかがうほど、不可解な状況だそうですから。あなたが杉浦李奈さん？」

「は、はい……。お邪魔しております」

「質問がありましたら、なんなりと」

好意は無駄にできない。李奈はさっそく聡美に問いかけた。「太宰の遺書とみられる文書について、南雲亮介先生が鑑定なさるにあたり、雑誌記者をお迎えになりましたよね。その理由は……？」

「こちらにおいでの記者のみなさまだけが、当初から情報に強い興味をしめされ、頻繁に問い合わせなさったからです。ほかのマスコミは、噂をきいてもさして関心をしめさず、夫に鑑定が託されたことも知らないようでした」

「水曜に鑑定結果がでるとのことで、みなさんお集まりだったとか……」

「はい。講談社さんと小学館さんは、前日の火曜からお越しでしたが」

酒の入っているふたりだった。講談社の浅井がささやいた。「お食事にお風呂《ふろ》までいただいて、おもてなしを受けまして、大変恐縮です。こんなことになってしまい残念です」

李奈は浅井にたずねた。「お風呂は一階ですか？」

「ええ……。そうです。この廊下の先、階段の手前で」

「食事は？」

「ここでとりました。風呂はみんな交替でしたが、入ったのは私と小学館の山根さんだけでね。ゆうべ夜七時から八時ぐらいでしたか。その後はここで雑魚寝《ざこね》です」

「するときのうから、みなさんここで寝たり起きたりされてたと……。南雲先生にはお会いになったんですか」

『週刊文春』の岡野がうなずいた。「僕と寺島さんは、きのうの昼ごろ着いたんですが、南雲さんはそのとき下りていらっしゃって。間もなく鑑定報告書が仕上がる、乞《こ》うご期待なんておっしゃっていました」

寺島が李奈に告げてきた。「南雲さんの仕事場は二階だけど、みんな階段を上らないってことで合意した。邪魔になっちゃ悪いからね」

南雲聡美が暗い顔でささやいた。「夫はせっつかれるのを極度に嫌っていましたので……。人数分の報告書をプリントアウトして持ってくるから、それまでは悪いけれども、みなさん一階でおまちになるよう伝えてくれと」

山根がいった。「ええ。僕らもききましたよ」

李奈は考えを整理した。「なら記者のみなさんはここにいて、そのうち焦げくさいにおいを感じられて……。奥様はどこにおられたんですか?」

「まった」山根が顔をしかめた。「この若いお嬢さんは小説家でしたよね? 太宰治についての知識を補完してくれるとか、そんな理由で呼んだんじゃなかったんですか? なんだか小説の探偵みたいに振る舞いだしてるが」

それをいわれると弱い。李奈は腰が引けた気分で弁明した。「わたしも不本意ではあるんですけど……」

寺島が口をはさんだ。「山根さん。杉浦さんはまさしく小説の探偵そのものですよ。エルネストの鴇巣社長が逮捕された件はご存じでしょう。彼女の功績のひとつです」

週刊誌記者ら三人が眉《まゆ》をひそめた。岡野が驚きの面持ちでいった。「初耳だ」

扇田刑事が険しい目で一同を見渡した。「文学知識が豊富な杉浦さんにお越しいただき、状況が理解できるようにおさらいをしている。異論はないと思いますが」

沈黙が降りてきた。山根が腕時計を一瞥《いちべつ》しながらこぼした。「帰宅はいつになるんだろうな。僕らも少なからずショックは受けてるし、奥様にも休んでいただきたいが」

扇田が首を横に振った。「すみませんが、もう少しおつきあい願います」

『週刊文春』の岡野が唸《うな》った。「編集長からラインでせっつかれてるんですけどね。報道に携わる人間として、早く仕事に戻らなきゃいけない」

別の刑事が咎《とが》めるようにいった。「報道は警察による発表をまっていただきたいですね。テレビ局や新聞各社にもそうお願いしていますし」

岡野は不服そうな顔になった。「われわれは当事者ですよ？　目で見て耳できいたことを書くのが仕事です。それともここにいる記者は容疑者あつかいですか？　出火したときにはみんなここにいました。奥様もご存じです」

聡美がうなずいた。「わたしはずっと隣の部屋にいましたし、しょっちゅうお茶をおだししたりしていましたから……。なにか燃えているようなにおいがするって、山根さんたちがおっしゃって、わたしもみなさんと一緒に階上に向かいました」

扇田刑事が李奈をうながした。「行ってみましょう。鑑識の仕事は終わったみたいですから。こっちですよ」

李奈は扇田につづかざるをえなくなった。廊下にでた一同がぞろぞろと奥へ進んでいく。どのドアも半開きになっていて、それぞれ部屋のなかが見えていた。洋室ばかりだった。LDKはとんでもなく広く豪勢だ。突き当たりの階段の手前、右のドアが浴室とトイレだとわかった。

階段を上りながら李奈は聡美にきいた。「二階にもトイレがあるんですか」

「ええ」聡美はしんどそうにもせず階段を上った。「夫は仕事中そっちを使ってます。一階には下りてきません」

「ほかにどなたかお住まいですか」

「わたしと夫だけです。月にいちど清掃業者に入ってもらいますが、常時雇っている人は誰も」

二階に着いた。階段の天井に煙探知機があった。扇田刑事が指さしていった。「取り付けてから八年も経っていたらしくて、あいにく電池が切れていました。一階のキッチンに熱探知機はありますが、そちらには火が及んでいないので無反応です」

ここ二階の廊下の両端、それぞれの突き当たりに上げ下げ窓があった。階段寄りの窓が屋敷の裏手に面している。廊下の壁沿いには各部屋のドアが等間隔に並ぶ。廊下のほぼ真んなかに位置するドアに、扇田刑事が歩み寄った。なぜかそのドア一枚だけが、妙に頑丈で分厚い。しかもドアわきの壁面が、およそ三十センチ四方にわたり、バールかなにかで穿《ほじ》ったように抉《えぐ》れている。斧《おの》が近くに落ちていた。

聡美がいった。「防音室なんです。ピアノ室と同じ仕様で」

「へえ」李奈はドアを眺めた。「こちらが南雲先生の仕事場ですか」

寺島が壁に顎《あご》をしゃくった。「ドアが密閉になる仕組みで、内側から施錠すると、外から開けられないんだよ。見てのとおり鍵穴《かぎあな》もない。奥様が緊急だからと、この壁を壊して閂《かんぬき》をずらす方法を教えてくれたから、それにしたがった」

李奈は壁面の壊れた箇所に歩み寄った。たしかに壁の内部に、金属製の閂が水平に走っている。操作用のレバーが見てとれた。しかし別の疑問が湧いてきた。李奈はたずねた。「このドアが閉じていて、隙間から煙が流出しますか？　煙を見て火事にお気づきになったんですよね？」

山根がドアの上部を仰いだ。「隙間から煙？　正確にはそうじゃなくてね。あれですよ、通気孔。においは一階まで漂ってたけど、煙を視認できたのは、あの通気孔からだ」

ドアの上にごく小さな孔《あな》が横一列に並んでいた。聡美が説明した。「ほぼ密閉状態ですから、換気が必要になります。あの孔の内側には吸音材が使われていて、空気は通すけれども、音はほとんど伝わらない特殊な構造なんです」

菊池がつぶやいた。「推理物の定番だな。密室だよ」

全員で部屋のなかに入った。まさしく密室だった。窓がひとつもないせいで、まだ煙が残っている。シャンデリア球とダウンライトで照らされた室内は、かすかに靄《もや》がかかっていた。異臭も漂っている。

八畳ほどの広さの洋室、窓は皆無。ドアとは反対側の壁面に、大きな机が向けてある。机の上の半分と、そちらに近い壁や書棚の一部が、無残に焼け焦げた状態だった。床に消火器が横たわる。記者たちも焦ったのだろう、大量の白い消火剤は延焼した箇所以外にも、広範囲に撒《ま》き散らされていた。

机の上の半分は燃えていない。パソコンは無傷で、モニターが点《つ》いたままになっている。キーボードのわきに、古びた手書きの原稿用紙が何枚も重ねてあった。それらは一部たりとも焼け焦げてはいない。

肘《ひじ》掛け椅子は机から一メートルほど離れていた。遺体を運びだしたときにそうなったのだろう。ほかにはベッドの代わりにもなりそうな、大きな三人掛けソファがひとつ。壁に備え付けのクローゼットは折れ戸が開いていて、ロングコートやスーツが何着か吊《つ》ってあった。そちらには火が及んだ形跡がない。

ドアのわきにサイドテーブルがあり、食べかけのサンドイッチやローストチキン、サラダなどが山盛りになっていた。聡美の話では、火曜の昼あたりに食事を多めに運んだらしい。夫が仕事で缶詰になる際には、いつもそうするという。扇田刑事が李奈にささやいてきた。鑑識の報告によると、食事にはなにも混入していません。

半分が黒焦げになった机に向き直る。溶けかけた使い捨てライターのほか、炭化した紙らしき物体の残骸《ざんがい》が見てとれる。

扇田刑事が近づいてきた。「採取できる物は鑑識が持ち帰りました。残りのそれらは貼りついてしまっているので、現状のまま保存し、日中あらためて回収に来ます」

李奈は心を痛めた。「これが太宰の遺書だったんでしょうか」

「調べてみないことにはなんとも。分析はこれからだそうです」

燃えずに済んだ机上の半分に目を転じる。直筆の原稿用紙が数枚、いちばん上は〝固くなってゐるから、掘るのが困難だ。〟から始まっている。部分的な直しもあちこちにあった。李奈はいった。「『お伽草紙』の原稿ですね」

「そうです」扇田が白い手袋を嵌《は》め、原稿用紙をそっとずらした。二枚目は本来の原稿の一枚目だった。〝お伽草紙　太宰治〟と書いてある。

痺《しび》れるような感動が胸のうちにこみあげる。李奈は言葉を失った。太宰の手書き原稿だ。

文藝春秋の社員、岡野記者が表情を和ませた。「日本近代文学館から借りた物です。焼失せずに済んでほっとしましたよ。責任を問われるところでした」

扇田刑事が原稿用紙を一枚ずつわきにどかし、李奈にしめした。「借り物の資料はすべて揃っています。さっき日本近代文学館の図書資料部の人が来て、確認のうえ保証してくれました。すべて本物、太宰治の直筆だそうです」

「その人はこれらを持ち帰りたがったでしょうね」

「ええ。でも現場検証が完全に終わるまではとお願いしまして。三十分後にもういちど取りに来られるそうです」

数枚の原稿用紙の下に見開きの手帳があった。本来は横書きの罫線《けいせん》があるが、太宰は手帳を九十度傾け、縦に走り書きしている。

上段のページには〝(戦災ノ苦労)コノ一、二年デアリマス、(情報局ヨリニラマレタ)病弱シテ枚数カケズ、前借斜陽以外版ヲカサネタル書籍ナシ　金モウケノ仕事ニアラズ〟とあった。部分的に書き直した跡も見受けられる。下段のページは〝太宰治ト言ヘドモ誰モ知ラヌ（ユウビン局ノ女モ知ラヌ）資料ヲ集メルノニ金カカル〟と書かれている。そのあとはたぶんメモだろう、〝モデル御礼　編集者御礼　注射〟と読める。

扇田刑事が李奈にきいた。「なんですか」

これについては研究書で読んだことがある。李奈は答えた。「太宰が税務署に提出した書類の下書きです。要するに所得税の課税額に対する不服申し立てです。亡くなる二か月ほど前でしょう」

「ああ。病弱なので枚数が書けないとか、『斜陽』以外には重版がないとか、作家業は金が儲《もう》かる仕事ではないとか……。酌量を求め弁解しているわけですか」

「そうです。当時の太宰は『人間失格』の執筆のため熱海《あたみ》にいて、納税を求める通知の送付に気づきませんでした。追徴課税は大きな痛手だったでしょう」

「それが無理心中の要因のひとつかもしれませんね」

「さあ……。自虐のユーモアを綴《つづ》ってますよね。太宰治といえども誰も知らない、郵便局の女性も知らないって。悲嘆に暮れて書いたのか、飄々《ひょうひょう》と軽い気持ちで筆を走らせたのか、いまひとつわからない。いかにも太宰です」

聡美がじれったそうな声をあげた。「刑事さん。申しわけありませんけど、わたし少々疲れてきました。下で休ませてもらってもよろしいですか」

扇田刑事が振りかえった。「もちろんです。ご協力に心から感謝します。重ねましてご愁傷さまでした。いまはお休みいただいて結構ですので……」

　黙って一礼をすると、聡美は退室していった。残る男性たちが、なんとなく妙な顔を見合わせる。

　気丈にも説明役を買ってでたかと思えば、突然疲労をうったえ休むといいだした。夫の死ではなく、太宰治についての会話ばかりが長引いたせいかもしれない。聡美の心境は察するに余りある。医師に相談しなくてだいじょうぶだろうか。李奈は心配になった。

　扇田刑事がまた机を見下ろし、手帳をどかした。「南雲さんがおもに参照していたのは、この一枚でしょう」

　思わず息を呑《の》んだ。筆書きの半紙だった。部分的に読めない箇所も目につく。〝……簡単に解決可……信じ居候　永居するだけ　皆をくるしめ　こちらもくるしく　かんにんして被下度《くだされたく》……〟

　李奈はつぶやいた。「山崎富栄《やまざきとみえ》の部屋で発見された遺書ですね……」

「ええ」扇田がうなずいた。「正確には書き損じのうちの一枚だそうです。友人宛《あて》とも美知子《みちこ》夫人宛ともいわれています。とにかく今回発見された五通目の遺書は、この筆跡にそっくりだったとか」

山根が仏頂面でいった。「きのう南雲さんがいちど一階に下りてきたとき、子供のように目を輝かせてましたよ。見た瞬間に太宰の筆だとわかったとか、歴史的文書だとか、さかんに本物だとにおわせてた」

岡野が鼻を鳴らした。「前からずっとですよ。南雲さんが鑑定依頼を受けて以降、何度電話しても、まずもって本物だと強調してました。なら見せてくださいと頼んでも、鑑定報告書が仕上がるまでは駄目だとおっしゃってね」

李奈は戸惑いがちに机の上を見まわした。「鑑定報告書は未完成だったんでしょうか。書きかけならどこかにあるはずですよね」

「そこだ」寺島がパソコンに顎《あご》をしゃくった。「南雲さんはいつもパソコンで報告書を作成するそうだ。でももうない。消えちまった」

浅井がため息をついた。「ログによれば昨晩の午後十一時十三分。作成中か完成済みかは不明ですが、鑑定報告書の文書データは根こそぎ消去されました。USBメモリーあたりにバックアップをとるのがふつうだと思いますが、それも見あたらない」

困惑が深まる。李奈は一同を振りかえった。「でもパソコンのHDDから消去したデータは復旧可能……」

「無理だ」山根が仏頂面で吐き捨てた。「もう警察の鑑識が調べた。通常、ファイルの削除をおこなっただけなら、データ自体は残ってる。本の目次がなくなっただけで、章は消えていないってのと同じ状態ですからね。だがこのパソコンには、ガラクタデータを増殖させるプログラムがインストールされてるとか」

扇田刑事が頭を掻《か》きむしった。「たしかな話です。無関係のデータでストレージがいっぱいになり、HDDは隅々まで上書きされました。もうなにも残っていないんです」

「で」山根が酒に酔った目で睨《にら》みつけてきた。「杉浦李奈先生だっけ。これをどう説明する？　俺たちは焦げくさいにおいを嗅《か》ぎつけ、みんなで二階の廊下に上ってきた。ノックして問いかけたが返事はない。奥さんの提案で、廊下にあった非常用の斧《おの》を使い、壁を壊した。なかに踏みこむとボウボウ燃えてた」

寺島が山根を横目に見やった。「バックドラフト現象で一気に燃えひろがったようにも思えましたけどね」

「おい。こんなに燃えたのは僕らのせいだってのか？　そもそも一酸化炭素中毒は防げなかった。あんな小さな通気孔じゃ酸素不足だったんだ。僕らがなんとか消火器で消しとめた。それだけが事実だろ」

炭素を含む物が燃えれば、通常は二酸化炭素が発生する。しかし酸素の供給が足りない場合は、不完全燃焼を起こし一酸化炭素が充満してしまう。この密閉した室内でのボヤなら、たちまち酸素を消費する。酸素がない状態で燃えるため、煙とともに一酸化炭素を生む。

李奈はすなおな考えを口にした。「外から施錠する方法がないとなると、南雲先生が自分で火をつけたとしか……」

「だよな」山根はぶらりとドアに向かいだした。「はい解散」

李奈はあわてて寺島にきいた。「廊下の壁を壊す前、手が加えられた形跡はありませんでしたか」

寺島が渋い顔で見かえした。「誓っていうよ。ドアも壁もまっさらだった。斧でも壁板はなかなか割れなかったんだ。スマホで動画を撮っときゃよかったな……。とにかく密室だったことに疑いの余地はない」

扇田刑事が付け足した。「鑑識の話では、この部屋から複数の指紋やDNA型を採取したそうです。でもなにしろ記者のみなさんが火消しに追われたうえ、以前から大勢の清掃業者が出入りしていたこともあり……。侵入者と断定できる痕跡《こんせき》を識別するのはかなり難しいと」

山根がからかうようにいった。「いまは科学捜査の時代だろ。探偵作家さんの名推理だなんて時代錯誤もいいとこだ」

寺島の眉間《みけん》に皺《しわ》が寄った。「山根さん。失礼だろう」

「こりゃすまない。若い娘《こ》を侮辱するつもりはなかった。でも本当のことだ。あとは警察まかせ。僕らの関与はなかったと証明される。おもな週刊誌記者が揃っててよかったよ。でなきゃ他社に疑惑の人物としてすっぱ抜かれちまうところだった」

部屋をでていく山根に、ほかの記者たちもつづきだした。岡野も去りぎわにぼやいた。「光文社の『フラッシュ』に注意しないと」

浅井が苦笑ぎみに応じた。「集英社の『プレイボーイ』も」

最後に寺島も深いため息をつき、首を横に振りながら退室した。居合わせた刑事や制服警官らも廊下に消えていく。部屋のなかは李奈と扇田刑事、KADOKAWAの菊池と武藤、四人だけになった。

週刊誌記者たちはニュースを早々に自社へ持ち帰りたいのだろう。どの記事も強調するにちがいない、死因は自殺もしくは事故にほかならないと。

扇田刑事が顔をしかめた。「どう思いますか、杉浦先生。こんな奇妙な現場は初めてです」

「まった」菊池がささやいた。「杉浦さん。なにかわかったら、ほかの記者の耳にいれる前に、僕に知らせてくれ」

　李奈は菊池を見かえした。「KADOKAWAには報道系の雑誌はないでしょう？」

「でも一大スクープになるかもしれないだろ？　どうあつかうかはこっちできめるよ」

　武藤も同調した。「うちも情報を共有させていただけるとありがたいんですが」

　返答する気にもなれない。李奈は机に目を戻した。自然につぶやきが漏れる。「〝お部屋に重要なもの、置いてございます。おじさま、奥様、お開けになって〟……」

　扇田刑事が眉《まゆ》をひそめた。「なんですって？」

「太宰と富栄が連名で、鶴巻《つるまき》夫妻宛に残した遺書です」李奈は途方に暮れた。「重要な手がかりがこの部屋に残ってるんでしょうか。なにがどうなってるのか、いまのところ皆目見当がつきませんが……」

5

　スマホの着信音のせいで、ぼんやりと意識が戻った。目を開けると自室の暗がりがあった。李奈はベッドから机に視線を向けた。デジタル置時計の緑いろの発光は、午前四時三十二分。

なんだか嫌な夢を見ていたが、詳細はもはや記憶にない。枕もとのスマホの画面が点灯している。なぜか航輝の名があった。こんな時間に兄がなんの用だろう。

手を伸ばし、通話ボタンを押すと、スマホを耳にあてた。喉《のど》に絡む声で李奈は応答した。「はい」

航輝の声が気遣うようにいった。「こんな時間に悪い。でもニュース観てるか?」

「観てない。……また時間がずれてきて、朝方は寝てるの」

「そっか、すまない。太宰治の遺書のことを、マスコミがさかんに取り沙汰《ざた》してるから」

李奈は跳ね起きた。ベッドから抜けだし、リビングルームに移ると、テレビのリモコンをとりあげた。

太宰の遺書については、南雲の死去した翌朝、わりと大きく報じられた。遺書が燃えてしまったかもしれない、そんな嘆きの声が一時はSNSに溢《あふ》れかえったものの、夕方にはフェードアウトしてしまった。有名な文豪の死因に関わることであっても、やはり一部の文芸好きを除けば、世間の関心はそのていどなのだろう。

テレビを点《つ》けた。この時間にはテレビショッピングを流す放送局もあるが、すでに生放送の情報番組がいくつか始まっている。番組内には頻繁にニュースのコーナーがある。いまテロップには〝総理語る『太宰治の遺書は本物』〟とあった。

眠気も一瞬で吹っ飛んだ。画面には首相官邸で囲み取材を受ける、現職の内閣総理大臣の姿があった。国会での総予算審議が深夜までおよび、未明に記者の質問を受け付けたという。そのなかで首相とマスコミのどちらがいいだしたのか、太宰治の遺書が話題になったようだ。南雲亮介が首相の友人だった、それが言及の理由らしい。

キャスターの声がいった。「総理は哀悼の意を表したのち、生前の南雲氏からきいた話として、遺書はまちがいなく太宰治の直筆であり、無理心中を図ることになった経緯が詳細に綴《つづ》られていると明かしました。故・南雲氏はそのあらましを明かしてくれたうえで、間もなく鑑定報告書が仕上がると語ったとのことです」

李奈はあわててリモコンの音量ボタンを連打した。テレビの音声が大きくなる。

リビングルームにキャスターの声が反響する。「……友人としても筆跡鑑定家としても、惜しい人を亡くしました、残念ですと総理はコメントしました。では次のニュースです」

「ちょ」李奈は思わず口走った。「なにそれ。終わり?」

航輝のくぐもった声がきこえてくる。もう一方の手にスマホを持ったままだった。リモコンでテレビを消すと、李奈はふたたびスマホにたずねた。「どっかの報道記事で遺書の内容に触れてる？」

「いや」航輝の声が応じた。「ネットニュースにもあがってるけど、南雲氏からあらましをきいたと首相がいった、それだけだな。でもまた世間の関心が高まってるよ。SNSのホットワードに〝太宰治〟がランクインしてる」

またどうせ一時的な盛りあがりにすぎないだろう。世間は熱しやすく冷めやすい。だが李奈はそうではなかった。「番組の司会者が突っこんだりしないのかな。そのあらましってのをなんで教えてくれないのって」

「七時台になればあるかもしれないけど、この時間はまだ新人アナが台本どおり進行するだけだろ？　ほら天気予報が始まった。このあとはブックランキングだって。こんな時間帯にやってるのか？」

「エンタメ情報ほどには世間一般に需要がないから……」

航輝の声がため息まじりにいった。「『人間失格』の電子書籍をダウンロードしてみたけど、どうもあれだな、最初だけは読めたけど、その後は目が滑ってばかりだ。なにがいいのかあいかわらずわからない」

李奈は笑った。「無理しないで」

「俺には李奈の小説のほうがずっと面白いよ。李奈ものめりこみすぎないようにな。太宰は暗いよ。性格面に影響を受けちゃまずい」

「遺作の『グッド・バイ』はそうじゃないって……。あ、興味ないんだったね。お兄ちゃんも健康に気をつけて」

「これから出勤の準備だ。またな」

通話が切れた。ふいに静寂が戻ってくる。カーテンの外はまだ暗かった。李奈はスマホをいじった。SNSをリアルタイム検索する。たしかに〝太宰治〟が急上昇ワードに含まれていた。人々の発言にざっと目を通してみる。〝首相はあらましをきいたらしいけど、そんなのいわれたら気になるじゃないか〟、〝太宰治の遺書にあった経緯ってやつを知りたい〟、〝なんで遺書の内容を明かしてくれないの？〟……。

「そうだよね」李奈は思わず声にだした。すべての発言に対し〝いいね〟を押しまくりたくなる。

あれから四日が過ぎた。きょうは週明けの月曜になる。渋谷署の扇田刑事からはなんの連絡もない。捜査に進展がないのだろうか。灰になった遺書、いや遺書らしき文書の分析結果を、一刻も早く知りたかった。

ふと気になり、李奈はラインをチェックした。本屋大賞の同時ノミネートを機に、パーティーで知り合った男性作家、柊日和麗。ずっと音沙汰《おとさた》なしだった。起きているあいだは一時間ごとにたしかめている。いまだ既読マークが付かない。

浮かない気分で李奈は歩きだした。どうせ二度寝は難しい。シャワーでも浴びよう。本業の小説執筆も進めねばならない。そうはいっても太宰のことを頭から追い払うまで、午前中いっぱいを使い果たすのが日課なのだが。

6

翌日の火曜、李奈は九段下《くだんした》の多目的ホール、特殊な記者会見場にいた。記者らが座る席のはるか後方、壁を背にして立ち、状況を見守る。椅子はあたえられなかったが、『ダ・ヴィンチ』編集部のはからいにより、潜りこませてもらえただけでも幸運だろう。

特殊な記者会見場というのは、前方に演壇がないうえ、登壇する人間もいないからだ。八十五インチのテレビモニターが据えてある。いま首相官邸で官房長官が記者会見の最中だが、ここのモニターには同時中継で映しだされている。官邸の記者クラブに属さない、週刊誌やスポーツ紙の記者らは、現地の記者会見に出席できない。よってこの部屋に詰めかけていた。

ここにいる記者たちは総じて不服そうだ。閉めだされたという思いが強いからか、脚を崩して座る姿も多く目につく。リモート会見といえばきこえはいいが、家でテレビを観るのとそう変わらない。

「えー」モニターのなかで官房長官が喋《しゃべ》りだした。「総理の発言を受け、太宰治の遺書とみられる文書の内容に対し、広く世間のみなさまの関心と憶測を呼ぶ状況になりましたことを、ここに陳謝いたします。亡くなった南雲氏と総理は、総理が文部科学大臣を務めていたころから意気投合し……」

中継を観るだけの記者たちが、いっそうだれだした。李奈もひそかにため息を漏らした。なぜみないちいちもったいをつけ、遺書の内容開示を先送りにしたがるのか。明かしてしまえば終わりだから、あっけなさを感じさせないよう長引かせているのだろうか。

一緒についてきた優佳も隣に立っている。優佳が怪訝《けげん》そうにささやいた。「南雲さんが死んで、太宰の遺書を読んだ人は誰もいなくなったの？　発見者の官僚は丸投げしたらしいけど、先に科学鑑定をした専門家は？」

「それがね。渋谷署の扇田さんによると、なぜか音信不通らしいの」

「連絡がとれない？」

「そう。その専門家さんはどっかの一流大学の元教授で、わりと高齢の人みたいでね。科学鑑定で名を馳《は》せる一方、私生活はだらしなくて、ギャンブルで借金まみれ。返済の催促から逃れるために、しばしば身を隠しがちだって」

「そんな人が官僚の知り合いだったの？」

「文科省の嘱託だったそうだから、科学鑑定の腕は信頼が置けるんでしょ。同居してる奥さんの同意を得て、家のなかを調べてみたところ、ノートパソコンを持ちだしてるのがわかったって。ほかに太宰の遺書とみられる文書のコピーとか、そういう物はいっさいなし」

「なんでみんな複数でチェックしとかなかったのかな。専門家ひとりに押しつけるんじゃなくてさ」

「単なる古い文書について、とりあえず鑑定家に預けたのち、太宰の遺書の可能性が浮上したから……。大勢が関わるのはこれからって段階だった。その寸前に燃えちゃった。灰がくだんの文書だったたならの話だけど」

官房長官の説明がつづいた。「肝心の遺書の内容ですが、総理が故・南雲氏からうかがった話によりますと、太宰治はこれまでつきあいのあった女性のもとを順繰りに訪ね、次々と別れ話を持ちかけたそうなのです」

ざわっとした驚きがひろがる。記者たちが居住まいを正した。李奈も耳を傾けた。

「その際」官房長官は原稿に目を落としていた。「ともに心中を遂げることになる山崎富栄を同行させ、今後はこの人と付き合うことになるから別れてほしいと、太宰はどの女性に対しても話したそうで……」

優佳が小声でいった。「『グッド・バイ』じゃん」

そのとおりだ。官房長官の語る遺書の内容は、太宰の遺作『グッド・バイ』のあらすじにそっくりだった。『グッド・バイ』の主人公は、愛人が十人近くいながら、だらしない生活に見切りをつけたくなり、妻子と平穏に暮らそうと決意する。主人公が連れまわす女性は、永井《ながい》キヌ子《こ》という名だった。キヌ子とつきあうという触れこみにより、愛人らに自分をあきらめさせようとする主人公。まさしく小説の展開に沿っている。

主人公は小説家ではなく、雑誌の編集長という設定だが、遠い田舎に妻子がいる。太宰も結婚していて、人生の伴侶《はんりょ》と子供がいた。あの小説は事実をありのままに描いていたというのか。

官房長官の淡々とした語りが続行中だった。「しかし数人の女性に会った太宰は、そのたびに別れ話を持ちかけるものの、彼女たちの反応に罪悪感ばかりが募り……。しだいにいたたまれなくなった太宰は、妻子にさえ顔向けできないと痛感し、山崎富栄と命を絶とうと決心したそうです。富栄も泣きながら同意したと」

中継を見守るこの場だけでなく、首相官邸の会見場も静まりかえっている。李奈のなかで苛立《いらだ》ちが募りだした。記者に質問してほしい。それは『グッド・バイ』ではありませんかと。

優佳も同感らしい。腹立たしげにつぶやいた。「政治部の記者は誰も太宰を読んでないの？　ボンクラばっか」

すると画面のなかで記者のひとりが発言した。「朝日新聞の石田《いしだ》です。いまおうかがいした内容は、太宰治の遺作である『グッド・バイ』に酷似しているように感じますが」

やった、きいてくれた。李奈はいろめき立った。隣の優佳を見ると、彼女も顔を輝かせている。

ところが官房長官の反応は要領をえなかった。「ええと、そうですね。ご意見やご感想はいろいろあるとは存じますが、警察が火災の原因の特定に至っておらず、文書が焼失したかどうかについても、まだ確認はとれておりません。あくまで総理が故・南雲氏からうかがったことを申しあげたまでで……」

優佳がうんざりしたようにつぶやいた。「あの人、『グッド・バイ』知らないんだね」

むかし読んだことがあったとしても、官房長官という立場上、伝えるべきことを伝えるに終始するのかもしれない。愛人や色恋沙汰《ざた》、別れ話といった俗っぽい話題を、あまり多く口にするのも、官房長官会見にふさわしくないと考えていそうだ。実際、官邸の会見場の厳粛な雰囲気には、なんとなくそぐわない。総理がこれまで内容を話さなかったのも、いまとなっては納得できる。

官房長官が顔をあげた。「故・南雲氏は、筆跡鑑定を八割がた終えており、太宰治による真筆の可能性が極めて高いとおっしゃった、総理はそのように記憶しているとのことです。私からは以上です」

まだ質疑応答はつづいていたが、どうせ堂々めぐりだろうと予想したのか、ここの報道陣はみな立ちあがりだした。同時に喧噪《けんそう》がひろがる。スマホで通話する記者のほか、足ばやに退室していく姿もある。

そんななか座席の最後列で、ひとりの女性が腰を浮かせた。年齢は四十すぎ、すら

有名な女優だとわかった。
もに、その場を立ち去りかけると、記者たちがあわてたように取り囲んだ。一見して
りとした長身を洒落《しゃれ》たロングコートに包んでいる。マネージャーとおぼしき男性とと

李奈は妙に思った。「なんであの人がこんなところに……?」

優佳が耳打ちしてきた。「知らないの? 南雲さんとは二十年来の友達だって、スポーツ紙のインタビューに答えてたじゃん。そのツテでここにも来てたんでしょ」

女優のもとに続々と記者たちが押し寄せる。会話だけはきいておきたかった。李奈は優佳とともに近づいた。

「そうですね」女優は記者の問いかけにうなずき、感慨深げな声を響かせた。「南雲先生が、わたしの出演する舞台においでくださったのは、つい先日のことです。楽屋で立ち話をしましてね。共演者や舞台関係者もきいておりますのよ」

記者のひとりが問いかけた。「遺書の内容はおききになりましたか」

「ええ。あらましはいま官房長官がおっしゃったとおりです。でも遺書にはもっと詳細に、ひとりずつの別れ話の状況が語られていて、それもみな実名が綴《つづ》られているとか。太宰の心がただ蝕《むしば》まれていっただけでなく、富栄との心中へと傾いていく内面の独白が、きわめて腑《ふ》に落ちる書きようの名文だったと」

記者たちは異様に熱心な態度をしめし、矢継ぎ早に女優を質問攻めにする。官邸に入れなかった手前、なんとしてもニュースの価値を高めたいのだろう。女優の周りは大賑《おおにぎ》わいで、李奈が距離を詰めるのは困難だった。

南雲亮介と親しかったのは事実だろうが、女優がきょうここに現れたのは、つまるところ舞台の宣伝のためかもしれない。ただし楽屋での立ち話を、共演者や舞台関係者もきいていたというのなら、法螺《ほら》ではない可能性が高い。嘘をつく場合は、電話で南雲とふたりきりで話したとか、そういう言い方になるだろう。

女優が歩きだすと、包囲する報道陣も歩調を合わせ、集団で移動しだした。人の群れが遠ざかっていく。李奈と優佳は茫然《ぼうぜん》とたたずみ見送った。

優佳が半ば呆《あき》れたようにいった。「よかったじゃん……。またしばらく太宰が話題になって、出版界の景気もよくなるかも。便乗した研究本も山ほどでそう」

「んー」李奈は頭を掻《か》いた。「よけいに憶測が飛び交うよね。なぜ南雲さんが亡くなったかも含め、ゴシップ誌の格好のネタって感じ。真相はいっそう闇のなか」

遺書と見られる文書が、じつは焼失を免れていてほしい。願うとすればその一点のみだった。ただし鑑定があの部屋でおこなわれた以上、まずありえないことだ。小説よりも奇なりとされる現実だからこそ、奇跡が起きてはくれないだろうか。

7

李奈はKADOKAWA富士見《ふじみ》ビル三階の会議室で、菊池とふたりきり向かいあっていた。

いつものように李奈がプリントアウトして持参した原稿を、菊池が読み進めている。まだ長編の四章までしか書けていないが、担当編集者の意見をききたかった。

菊池が渋い顔になった。「これ三章以降は、太宰の遺書のことが報道されたあとに書いたんだろ?」

「……はい。なんでわかるんですか」

「三章から饒舌《じょうぜつ》体の文章が増えてる。太宰の影響を受けすぎだよ」

「饒舌体……」

「わかるだろ。話し言葉のような文章表現がとめどなく湧きつづけて、読者にもそうと意識させる文体。淡泊な地の文の描写より、現実感を生じさせる効果がある。でも極度に舌っ足らずな感じだ。うまく語れないがゆえに饒舌になってる印象をともなう、もどかしさを含む自己言及。これは……」

李奈はため息をついた。「わかります。まったくもって太宰治ですよね」

「この三章以降は、太宰治かぶれのド新人が書いたような文章になってるよ。自分に酔いしれてるみたいで、読み手にはただわかりにくい」

「あー……。たしかに太宰のことが頭から離れなくて」

菊池はやれやれという顔になった。「饒舌体は言葉数の多さに反し、語り手の意思を曖昧《あいまい》にしていく。太宰の場合はそれが味わい深かったりするけど、きみが書いてるこれはエンタメだろ。しかも今回は文庫向けのラノベときてる。なにがいいたいのかわかりにくくなっちゃ駄目だ」

「ですよね……」李奈はテーブルに目を落とした。「書き直します」

悄気《しょげ》た李奈のようすを気にかけたのか、菊池の口調がいくぶん穏やかになった。「南雲さんの知り合いの有名人が、次々にコメントを発表してるよな。みんな南雲さんが興奮ぎみに、太宰の遺書を本物と確信したようすだったと証言してる」

李奈はうなずいた。「証言はだいたいみんな同じです。経緯は『グッド・バイ』とほぼ同じ。そのうえ自殺に至る心情が詳細に書かれてると、南雲さんが断言してたとか」

「南雲亮介といえば、たしかに筆跡鑑定の第一人者として名を馳《は》せてるよな。でも鑑定の目はどうなんだろう。たまには猿も木から落ちるってことも……」

「いえ。以前に小笠原莉子《おがさわらりこ》さんがいってました。南雲亮介の筆跡鑑定は完璧《かんぺき》で、精度はまさしく神業だって」

「そっか。そういえば最近、小笠原さんと連絡をとったりは?」

「一家揃って波照間《はてるま》島に帰っておられるので」

「あー、そうだったな」

またため息が漏れる。李奈は思いのままを口にした。「じつは偽物だったと判明したから、燃やそうとしたってほうが、いちおう筋は通りますよね」

「まったくだよ」菊池がうなずいた。「最後の最後で鑑定の見落としに気づき、偽物だと確信した南雲さんが、パソコン内の報告書データを削除。文書を燃やしちまった」

「それが思いのほか燃えひろがっちゃって、一酸化炭素中毒に……。少量の紙が燃えただけでは、成分的に一酸化炭素は生じないらしいので、室内のいろんな物に延焼したせいでしょうね」

「もしや自殺する気だったのかな。本物と触れまわっていたのにじつは偽物とわかり、筆跡鑑定の第一人者としてのプライドが傷ついたとか」

李奈は思わず唸《うな》った。「太宰の心中以上に理不尽かも……」

「まあな」菊池が苦笑した。「報告書を仕上げる前の段階だし、たった五人の記者が集まったにすぎないんだから、偽物だったといえば済む話だ。途中までは本物だと思ってたけど、じつはちがってたって」

「ええ。偽物と結論を記せばそれで終わりです。なぜ報告書データを徹底的にパソコンから削除したのか……」

内線電話が鳴った。菊池が壁の受話器をとり、ぼそぼそと話す。受話器を戻すと菊池が立ちあがった。「またきみについての問い合わせだ。太宰治の件について、杉浦李奈さんにご意見をうかがいたいと」

渋谷署の刑事から相談を受けていることが、どこかから漏れたようだ。話をききたいという要請があとを絶たない。いくつかのメディアに無難な対応をしたものの、きりがないため以後は断わることにした。執筆に集中できないし、バイト先のコンビニにまで電話が入る。KADOKAWAへの問い合わせに関しては、菊池が突っぱねると請けあってくれた。

李奈は恐縮しながら頭をさげた。「わざわざすみません……」

「テレビの取材スタッフが下まで押しかけてる。対応してくるから、ちょっとまっててくれ」菊池が退室していった。

部屋にひとりきりになると、また太宰治のことで頭がいっぱいになる。テーブルの上に自分の原稿があるのに、これではいけないと思いつつ、しかし熟考せずにはいられない。

太宰は亡くなるまでに、何度となく自殺未遂を繰りかえしている。心中相手のみ死亡という事態もあった。それらの苦い経験にも触れた『人間失格』は、捨て鉢な告白文学という印象に満ち、まさに遺書代わりとみなせるほどだった。

ところがそのあとに連載を開始した『グッド・バイ』は、いきなり軽快で笑える感じの落語調に転じている。いったいどういう心境の変化なのだろう。

李奈は自分のカバンをまさぐり、新潮文庫の『グッド・バイ』をとりだした。太宰が後期に書いた十六の短編が収録されている。最後が表題作の『グッド・バイ』になる。本来は中編以上の長さになるはずが、短編ていどの約三十ページに留《とど》まり未完。

気づけばまた『グッド・バイ』の最初のページを開いていた。主人公の田島《たじま》は、雑誌『オベリスク』の編集長。ただしそれは表向きの仕事にすぎず、闇稼業でずいぶん稼いだようだ。既婚者だが愛人も多くいるらしい。ひとつ傘の下、田島と一緒に歩く文士との会話から、このストーリーは始まる。

変心　(一)

文壇の、或《あ》る老大家が亡《な》くなって、その告別式の終り頃《ごろ》から、雨が降りはじめた。早春の雨である。

その帰り、二人の男が相合傘《あいあいがさ》で歩いている。いずれも、その逝去《せいきょ》した老大家には、お義理一ぺん、話題は、女に就いての、極めて不きんしんな事。紋服の初老の大男は、文士。それよりずっと若いロイド眼鏡、縞《しま》ズボンの好男子は、編集者。

「あいつも、」と文士は言う。「女が好きだったらしいな。お前も、そろそろ年貢《ねんぐ》のおさめ時じゃねえのか。やつれたぜ。」

「全部、やめるつもりでいるんです。」

その編集者は、顔を赤くして答える。

この文士、ひどく露骨で、下品な口をきくので、その好男子の編集者はかねがね敬遠していたのだが、きょうは自身に傘の用意が無かったので、仕方なく、文士の蛇《じゃ》の目《め》傘にいれてもらい、かくは油をしぼられる結果となった。

全部、やめるつもりでいるんです。しかし、それは、まんざら嘘《うそ》で無かった。

何かしら、変って来ていたのである。終戦以来、三年経《た》って、どこやら、変った。

三十四歳、雑誌「オベリスク」編集長、田島周二、言葉に少し関西なまりがあるようだが、自身の出生に就いては、ほとんど語らぬ。もともと、抜け目の無い男で、「オベリスク」の編集は世間へのお体裁、実は闇《やみ》商売のお手伝いして、いつも、しこたま、もうけている。けれども、悪銭身につかぬ例えのとおり、酒はそれこそ、浴びるほど飲み、愛人を十人ちかく養っているという噂《うわさ》。

かれは、しかし、独身では無い。独身どころか、いまの細君は後妻である。先妻は、白痴の女児ひとりを残して、肺炎で死に、それから彼は、東京の家を売り、埼玉県の友人の家に疎開《そかい》し、疎開中に、いまの細君をものにして結婚した。細君のほうは、もちろん初婚で、その実家は、かなり内福の農家である。

終戦になり、細君と女児を、細君のその実家にあずけ、かれは単身、東京に乗り込み、郊外のアパートの一部屋を借り、そこはもうただ、寝るだけのところ、抜け目なく四方八方を飛び歩いて、しこたま、もうけた。

けれども、それから三年経ち、何だか気持が変って来た。世の中が、何かしら微妙に変って来たせいか、または、彼のからだが、日頃の不節制のために最近めっきり痩《や》せ細って来たせいか、いや、いや、単に「とし」のせいか、色即是空《しきそくぜくう》、酒もつまらぬ、小さい家を一軒買い、田舎から女房《にょうぼう》子供を呼び寄せて、……という里心に似たものが、ふいと胸をかすめて通る事が多くなった。

もう、この辺で、闇商売からも足を洗い、雑誌の編集に専念しよう。それに就いて、……。

それに就いて、さし当っての難関。まず、女たちと上手に別れなければならぬ。思いがそこに到《いた》ると、さすがの、抜け目の無い彼も、途方にくれて、溜息《ためいき》が出るのだ。

「全部、やめるつもり、……」大男の文士は口をゆがめて苦笑し、「それは結構だが、いったい、お前には、女が幾人あるんだい？」

李奈はふっと笑った。何度読んでも太宰のペースに乗せられてしまう。第三者の視点から、文士の視点に移り主人公の田島を紹介、そして田島の視点へとフォーカスしていく。読みやすい導入部だった。次の節でも田島と文士が歩きながら会話をする。

李奈はつづきを読んだ。

変心　（二）

田島は、泣きべその顔になる。思えば、思うほど、自分ひとりの力では、到底、処理の仕様が無い。金ですむ事なら、わけないけれども、女たちが、それだけで引下るようにも思えない。

「いま考えると、まるで僕《ぼく》は狂っていたみたいなんですよ。とんでもなく、手をひろげすぎて、……」

この初老の不良文士にすべて打ち明け、相談してみようかしらと、ふと思う。

「案外、殊勝な事を言いやがる。もっとも、多情な奴《やつ》に限って奇妙にいやらしいくらい道徳におびえて、そこがまた、女に好かれる所以《ゆえん》でもあるのだがね。男振りがよくて、金があって、若くて、おまけに道徳的で優しいと来たら、そりゃ、もてるよ。当り前の話だ。お前のほうでやめるつもりでも、先方が承知しないぜ、これは。」

「そこなんです。」

ハンケチで顔を拭《ふ》く。

「泣いてるんじゃねえだろうな。」

「いいえ、雨で眼鏡の玉が曇って、……」

「いや、その声は泣いてる声だ。とんだ色男さ。」

闇商売の手伝いをして、道徳的も無いものだが、その文士の指摘したように、田島という男は、多情のくせに、また女にへんに律儀《りちぎ》な一面も持っていて、女たちは、それ故《ゆえ》、少しも心配せずに田島に深くたよっているらしい様子。

「何か、いい工夫が無いものでしょうか。」

「無いね。お前が五、六年、外国にでも行って来たらいいだろうが、しかし、いまは簡単に洋行なんか出来ない。いっそ、その女たちを全部、一室に呼び集め、蛍《ほたる》の光でも歌わせて、いや、仰げば尊し、のほうがいいかな、お前が一人々々に卒業証書を授与してね、それからお前は、発狂の真似《まね》をして、まっぱだかで表に飛び出し、逃げる。これなら、たしかだ。女たちも、さすがに呆《あき》れて、あきらめるだろうさ。」

まるで相談にも何もならぬ。

「失礼します。僕は、あの、ここから電車で、……」

「まあ、いいじゃないか。つぎの停留場まで歩こう。何せ、これは、お前にとって重大問題だろうからな。二人で、対策を研究してみようじゃないか。」

文士は、その日、退屈していたものと見えて、なかなか田島を放さぬ。

「いいえ、もう、僕ひとりで、何とか、……」

「いや、いや、お前ひとりでは解決できない。まさか、お前、死ぬ気じゃないだろうな。実に、心配になって来た。女に惚《ほ》れられて、死ぬというのは、これは悲劇じゃない、喜劇だ。いや、ファース（茶番）というものだ。滑稽《こっけい》の極みだね。誰《だれ》も同情しやしない。死ぬのはやめたほうがよい。うむ、名案。すごい美人を、どこからか見つけて来てね、そのひとに事情を話し、お前の女房という形になってもらって、それを連れて、お前のその女たち一人々々を歴訪する。効果てきめん。女たちは、皆だまって引下る。どうだ、やってみないか。」

おぼれる者のワラ。田島は少し気が動いた。


李奈は困惑とともに苦笑した。いまではNGな表現が多出する。女の目からすると、すべてが愉快とはいいきれないが、なにもかも当時のユーモアだったのだろう。文士のいう〝多情な奴に限って奇妙にいやらしいくらい道徳におびえて、そこがまた、女に好かれる所以でもあるのだがね〟とか、〝男振りがよくて、金があって、若くて、おまけに道徳的で優しいと来たら、そりゃ、もてるよ〟という分析は、太宰に当てはまると考えられる。実際に太宰は他人からそう評されたのかもしれない。

導入部が終わった。闇商売から足を洗い、雑誌の編集に専念し、田舎から妻子を呼ぶ。そのためには愛人たちとうまく別れる必要がある。文士が妙案を思いついた。同行する美人を妻と偽り、愛人らのもとをひとりずつ訪ね、別れ話に持っていく。

これは太宰が実際に経験したことだったのだろうか。李奈はその先を読み進めた。

行進（一）

田島は、やってみる気になった。しかし、ここにも難関がある。

すごい美人。醜くてすごい女なら、電車の停留場の一区間を歩く度毎《たびごと》に、三十人くらいは発見できるが、すごいほど美しい、という女は、伝説以外に存在しているものかどうか、疑わしい。

もともと田島は器量自慢、おしゃれで虚栄心が強いので、不美人と一緒に歩くと、にわかに腹痛を覚えると称してこれを避け、かれの現在のいわゆる愛人たちも、それぞれかなりの美人ばかりではあったが、しかし、すごいほどの美人、というほどのものは無いようであった。

あの雨の日に、初老の不良文士の口から出まかせの「秘訣《ひけつ》」をさずけられ、何のばからしいと内心一応は反撥《はんぱつ》してみたものの、しかし、自分にも、ちっとも名案らしいものは浮ばない。

まず、試みよ。ひょっとしたらどこかの人生の片すみに、そんなすごい美人がころがっているかも知れない。眼鏡の奥のかれの眼は、にわかにキョロキョロいやらしく動きはじめる。

ダンス・ホール。喫茶店。待合。いない、いない。醜くてすごいものばかり。オフィス、デパート、工場、映画館、はだかレヴュウ。いるはずが無い。女子大の校庭のあさましい垣のぞきをしたり、ミス何とかの美人競争の会場にかけつけたり、映画のニューフェースとやらの試験場に見学と称してまぎれ込んだり、やたらと歩き廻《まわ》ってみたが、いない。

獲物は帰り道にあらわれる。

かれはもう、絶望しかけて、夕暮の新宿駅裏の闇市をすこぶる憂鬱《ゆううつ》な顔をして歩いていた。彼のいわゆる愛人たちのところを訪問してみる気も起らぬ。思い出すさえ、ぞっとする。別れなければならぬ。

「田島さん！」

出し抜けに背後から呼ばれて、飛び上らんばかりに、ぎょっとした。

「ええっと、どなただったかな？」

「あら、いやだ。」

声が悪い。鴉声《からすごえ》というやつだ。

「へえ？」

と見直した。まさに、お見それ申したわけであった。

彼は、その女を知っていた。闇屋、いや、かつぎ屋である。彼はこの女と、ほんの二、三度、闇の物資の取引きをした事があるだけだが、しかし、この女の鴉声と、それから、おどろくべき怪力に依《よ》って、この女を記憶している。やせた女ではあるが、十貫は楽に背負う。さかなくさくて、ドロドロのものを着て、モンペにゴム長、男だか女だか、わけがわからず、ほとんど乞食《こじき》の感じで、おしゃれの彼は、その女と取引きしたあとで、いそいで手を洗ったくらいであった。

とんでもないシンデレラ姫。洋装の好みも高雅。からだが、ほっそりして、手足が可憐《かれん》に小さく、二十三、四、いや、五、六、顔は愁《うれ》いを含んで、梨《なし》の花の如《ごと》く幽《かす》かに青く、まさしく高貴、すごい美人、これがあの十貫を楽に背負うかつぎ屋とは。

声の悪いのは、傷だが、それは沈黙を固く守らせておればいい。

使える。


李奈はまた苦笑いを浮かべているのを自覚した。主人公田島の相棒が登場。怪力のかつぎ屋、しかしいまは〝すごい美人〟という女。

実際に太宰の心中相手になった山崎富栄は、錦秋《きんしゅう》高等女学校を卒業後、YWCAで聖書に通じ、英語や演劇を習った才女だ。聴講生として慶應《けいおう》義塾大学に学びながら、義姉とともに銀座《ぎんざ》二丁目で美容院を経営していた。

そんな富栄と、この相棒のキャラクターはまるで異なっている。しかし焼失した遺書らしき文書には、こういう経緯が事実に即しているように書いてあったという。富栄を事実と完全に異なる人物設定にアレンジした結果だろうか。

かつぎ屋の〝すごい美人〟と、田島との会話がつづく。

行進（二）

馬子《まご》にも衣裳《いしょう》というが、ことに女は、その装い一つで、何が何やらわけのわからぬくらいに変る。元来、化け物なのかも知れない。しかし、この女（永井キヌ子という）のように、こんなに見事に変身できる女も珍らしい。

「さては、相当ため込んだね。いやに、りゅうとしてるじゃないか。」

「あら、いやだ。」

どうも、声が悪い。高貴性も何も、一ぺんに吹き飛ぶ。

「君に、たのみたい事があるのだがね。」

「あなたは、ケチで値切ってばかりいるから、……」

「いや、商売の話じゃない。ぼくはもう、そろそろ足を洗うつもりでいるんだ。君は、まだ相変らず、かついでいるのか。」

「あたりまえよ。かつがなきゃおまんまが食べられませんからね。」

言うことが、いちいちゲスである。

「でも、そんな身なりでも無いじゃないか。」

「そりゃ、女性ですもの。たまには、着飾って映画も見たいわ。」

「きょうは、映画か？」

「そう。もう見て来たの。あれ、何ていったかしら、アシクリゲ、……」

「膝栗毛《ひざくりげ》だろう。ひとりでかい？」

「あら、いやだ。男なんて、おかしくって。」

「そこを見込んで、頼みがあるんだ。一時間、いや、三十分でいい、顔を貸してくれ。」

「いい話？」

「君に損はかけない。」

二人ならんで歩いていると、すれ違うひとの十人のうち、八人は、振りかえって、見る。田島を見るのでは無く、キヌ子を見るのだ。さすが好男子の田島も、それこそすごいほどのキヌ子の気品に押されて、ゴミっぽく、貧弱に見える。

田島はなじみの闇の料理屋へキヌ子を案内する。

「ここ、何か、自慢の料理でもあるの？」

「そうだな、トンカツが自慢らしいよ。」

「いただくわ。私、おなかが空《す》いてるの。それから、何が出来るの？」

「たいてい出来るだろうけど、いったい、どんなものを食べたいんだい。」

「ここの自慢のもの。トンカツの他に何か無いの？」

「ここのトンカツは、大きいよ。」

「ケチねえ。あなたは、だめ。私奥へ行って聞いて来るわ。」

怪力、大食い、これが、しかし、全くのすごい美人なのだ。取り逃がしてはならぬ。

田島はウイスキイを飲み、キヌ子のいくらでもいくらでも澄まして食べるのを、すこぶるいまいましい気持でながめながら、彼のいわゆる頼み事について語った。キヌ子は、ただ食べながら、聞いているのか、いないのか、ほとんど彼の物語りには興味を覚えぬ様子であった。

「引受けてくれるね？」

「バカだわ、あなたは。まるでなってやしないじゃないの。」

行進　（三）

田島は敵の意外の鋭鋒《えいほう》にたじろぎながらも、

「そうさ、全くなってやしないから、君にこうして頼むんだ。往生しているんだよ。」

「何もそんな、めんどうな事をしなくても、いやになったら、ふっとそれっきりあわなければあいいじゃないの。」

「そんな乱暴な事は出来ない。相手の人たちだって、これから、結婚するかも知れないし、また、新しい愛人をつくるかも知れない。相手のひとたちの気持をちゃんときめさせるようにするのが、男の責任さ。」

「ぷ！　とんだ責任だ。別れ話だの何だのと言って、またイチャつきたいのでしょう？　ほんとに助平そうなツラをしている。」

「おいおい、あまり失敬な事を言ったら怒るぜ。失敬にも程度があるよ。食ってばかりいるじゃないか。」

「キントンが出来ないかしら。」

「まだ、何か食う気かい？　胃拡張とちがうか。病気だぜ、君は。いちど医者に見てもらったらどうだい。さっきから、ずいぶん食ったぜ。もういい加減によせ。」

「ケチねえ、あなたは。女は、たいてい、これくらい食うの普通だわよ。もうたくさん、なんて断っているお嬢さんや何か、あれは、ただ、色気があるから体裁をとりつくろっているだけなのよ。私なら、いくらでも、食べられるわよ。」

「いや、もういいだろう。ここの店は、あまり安くないんだよ。君は、いつも、こんなにたくさん食べるのかね。」

「じょうだんじゃない。ひとのごちそうになる時だけよ。」

「それじゃね、これから、いくらでも君に食べさせるから、ぼくの頼み事も聞いてくれ。」

「でも、私の仕事を休まなければならないんだから、損よ。」

「それは別に支払う。君のれいの商売で、儲《もう》けるぶんくらいは、その都度きちんと支払う。」

「ただ、あなたについて歩いていたら、いいの？」

「まあ、そうだ。ただし、条件が二つある。よその女のひとの前では一言も、ものを言ってくれるな。たのむぜ。笑ったり、うなずいたり、首を振ったり、まあ、せいぜいそれくらいのところにしていただく。もう一つは、ひとの前で、ものを食べない事。ぼくと二人きりになったら、そりゃ、いくら食べてもかまわないけど、ひとの前では、まずお茶一ぱいくらいのところにしてもらいたい。」

「その他、お金もくれるんでしょう？　あなたは、ケチで、ごまかすから。」

「心配するな。ぼくだって、いま一生懸命なんだ。これが失敗したら、身の破滅さ。」

「フクスイの陣って、とこね。」

「フクスイ？　バカ野郎、ハイスイ（背水）の陣だよ。」

「あら、そう？」

けろりとしている。田島は、いよいよ、にがにがしくなるばかり。しかし、美しい。りんとして、この世のものとも思えぬ気品がある。

トンカツ。鶏《とり》のコロッケ。マグロの刺身。イカの刺身。支那《シナ》そば。ウナギ。よせなべ。牛の串焼《くしやき》。にぎりずしの盛合せ。海老《えび》サラダ。イチゴミルク。

その上、キントンを所望とは。まさか女は誰《だれ》でも、こんなに食うまい。いや、それとも？


李奈はひと息ついた。田島とキヌ子は合意したらしく、ここからひとり目の女性のもとに向かうことになる。最初に訪ねるのは美容室で働く女だった。

行進（四）

キヌ子のアパートは、世田谷《せたがや》方面にあって、朝はれいの、かつぎの商売に出るので、午後二時以後なら、たいていひまだという。田島は、そこへ、一週間にいちどくらい、みなの都合のいいような日に、電話をかけて連絡をして、そうしてどこかで落ち合せ、二人そろって別離の相手の女のところへ向って行進することをキヌ子と約す。

そうして、数日後、二人の行進は、日本橋《にほんばし》のあるデパート内の美容室に向って開始せられる事になる。

おしゃれな田島は、一昨年の冬、ふらりとこの美容室に立ち寄って、パーマネントをしてもらった事がある。そこの「先生」は、青木さんといって三十歳前後の、いわゆる戦争未亡人である。ひっかけるなどというのではなく、むしろ女のほうから田島について来たような形であった。青木さんは、そのデパートの築地《つきじ》の寮から日本橋のお店にかよっているのであるが、収入は、女ひとりの生活にやっとというところ。そこで、田島はその生活費の補助をするという事になり、いまでは、築地の寮でも、田島と青木さんとの仲は公認せられている。

けれども、田島は、青木さんの働いている日本橋のお店に顔を出す事はめったに無い。田島の如《ごと》きあか抜けた好男子の出没は、やはり彼女の営業を妨げるに違いないと、田島自身が考えているのである。

それが、いきなり、すごい美人を連れて、彼女のお店にあらわれる。

「こんちは。」というあいさつさえも、よそよそしく、「きょうは女房を連れて来ました。疎開先から、こんど呼び寄せたのです。」

それだけで十分。青木さんも、目もと涼しく、肌《はだ》が白くやわらかで、愚かしいところの無いかなりの美人ではあったが、キヌ子と並べると、まるで銀の靴《くつ》と兵隊靴くらいの差があるように思われた。

二人の美人は、無言で挨拶《あいさつ》を交《かわ》した。青木さんは、既に卑屈な泣きべそみたいな顔になっている。もはや、勝敗の数は明かであった。

前にも言ったように、田島は女に対して律儀な一面も持っていて、いまだ女に、自分が独身だなどとウソをついた事が無い。田舎に妻子を疎開させてあるという事は、はじめから皆に打明けてある。それが、いよいよ夫の許《もと》に帰って来た。しかも、その奥さんたるや、若くて、高貴で、教養のゆたからしい絶世の美人。

さすがの青木さんも、泣きべそ以外、てが無かった。

「女房の髪をね、一つ、いじってやって下さい。」と田島は調子に乗り、完全にとどめを刺そうとする。「銀座にも、どこにも、あなたほどの腕前のひとは無いってうわさですからね。」

それは、しかし、あながちお世辞でも無かった。事実、すばらしく腕のいい美容師であった。

キヌ子は鏡に向って腰をおろす。

青木さんは、キヌ子に白い肩掛けを当て、キヌ子の髪をときはじめ、その眼には、涙が、いまにもあふれ出るほど一ぱい。

キヌ子は平然。

かえって、田島は席をはずした。

行進　(五)

セットの終ったころ、田島は、そっとまた美容室にはいって来て、一すんくらいの厚さの紙幣のたばを、美容師の白い上衣《うわぎ》のポケットに滑りこませ、ほとんど祈るような気持で、

「グッド・バイ。」

とささやき、その声が自分でも意外に思ったくらい、いたわるような、あやまるような、優しい、哀調に似たものを帯びていた。

キヌ子は無言で立上る。青木さんも無言で、キヌ子のスカートなど直してやる。田島は、一足さきに外に飛び出す。

ああ、別離は、くるしい。

キヌ子は無表情で、あとからやって来て、

「そんなに、うまくも無いじゃないの。」

「何が?」

「パーマ。」

バカ野郎! とキヌ子を怒鳴ってやりたくなったが、しかし、デパートの中なので、こらえた。青木という女は、他人の悪口など決して言わなかった。お金もほしがらなかったし、よく洗濯《せんたく》もしてくれた。

「これで、もう、おしまい?」

「そう。」

田島は、ただもう、やたらにわびしい。

「あんな事で、もう、わかれてしまうなんて、あの子も、意久地《いくじ》が無いね。ちょっと、べっぴんさんじゃないか。あのくらいの器量なら、……」

「やめろ！　あの子だなんて、失敬な呼び方は、よしてくれ。おとなしいひとなんだよ、あのひとは。君なんかとは、違うんだ。とにかく、黙っていてくれ。君のその鴉《からす》の声みたいなのを聞いていると、気が狂いそうになる。」

「おやおや、おそれいりまめ。」

わあ！　何というゲスな駄《だ》じゃれ。全く、田島は気が狂いそう。

田島は妙な虚栄心から、女と一緒に歩く時には、彼の財布を前以《もっ》て女に手渡し、もっぱら女に支払わせて、彼自身はまるで勘定などに無関心のような、おうようの態度を装うのである。しかし、いままで、どの女も、彼に無断で勝手な買い物などはしなかった。

けれども、おそれいりまめ女史は、平気でそれをやった。デパートには、いくらでも高価なものがある。堂々と、ためらわず、いわゆる高級品を選び出し、しかも、それは不思議なくらい優雅で、趣味のよい品物ばかりである。

「いい加減に、やめてくれねえかなあ。」

「ケチねえ。」

「これから、また何か、食うんだろう？」

「そうね、きょうは、我慢してあげるわ。」

「財布をかえしてくれ。これからは、五千円以上、使ってはならん。」

いまは、虚栄もクソもあったものでない。

「そんなには、使わないわ。」

「いや、使った。あとでぼくが残金を調べてみれば、わかる。一万円以上は、たしかに使った。こないだの料理だって安くなかったんだぜ。」

「そんなら、よしたら、どう？　私だって何も、すき好んで、あなたについて歩いているんじゃないわよ。」

脅迫にちかい。

田島は、ため息をつくばかり。


李奈は太宰治の文章が好きだったが、田島という主人公に惹《ひ》かれることはなかった。妻子ある身で愛人が十人近いという時点で、どうしても反感を拒みえない。現代の女性なら当然だろう。それでも美容師の青木に生じる淡い思い、キヌ子への反論にのぞくやさしさは、無視できない人間味を感じさせる。

しかし最初に別れ話を持ちかける女が美容師という時点で、太宰の遺書とみられる文書の主張と矛盾している。総理ら著名人が南雲からきいたように、太宰が才女で美容師の富栄を連れ、愛人らを訪ねまわったとすれば、登場人物の役割がまるで異なるのはなぜだ。あるいは創作上のアレンジにすぎないのか。だとすればキヌ子は現実のどんな女にも当てはまらない、完全に架空の産物なのか。

物語はこのあとしばらく、キヌ子の気を惹こうとする田島の悪戦苦闘ぶりを描く。金遣いの荒いキヌ子に対し、もとをとってやろうと肉体関係を要求するが、キヌ子は飄々《ひょうひょう》とそれを躱《かわ》しつづける。田島が酒の勢いを借り、強引な手段に打ってでようとするや、キヌ子の怪力により部屋から叩《たた》きだされてしまう。

この〝怪力（一）〟から〝怪力（四）〟までの節は、まさしく落語のような笑いを狙ったと考える以外、ストーリー上の存在理由が見あたらない。あるいは未完でなければ、このくだりが重要な意味を持ったのだろうか。

複数の女を魅了してきた田島が、美人ながら怪力の化け物に翻弄《ほんろう》され、まるで手も足もでない。それでも田島はあきらめきれず、なおもキヌ子に執着する。

コールド・ウォー（一）

田島は、しかし、永井キヌ子に投じた資本が、惜しくてならぬ。こんな、割の合わぬ商売をした事が無い。何とかして、彼女を利用し活用し、モトをとらなければ、ウソだ。しかし、あの怪力、あの大食い、あの強慾《ごうよく》。

あたたかになり、さまざまの花が咲きはじめたが、田島ひとりは、頗《すこぶ》る憂鬱《ゆううつ》。あの大失敗の夜から、四、五日経《た》ち、眼鏡も新調し、頬のはれも引いてから、彼は、とにかくキヌ子のアパートに電話をかけた。ひとつ、思想戦に訴えて見ようと考えたのである。

「もし、もし。田島ですがね、こないだは、酔っぱらいすぎて、あはははは。」

「女がひとりでいるとね、いろんな事があるわ。気にしてやしません。」

「いや、僕もあれからいろいろ深く考えましたがね、結局、ですね、僕が女たちと別れて、小さい家を買って、田舎から妻子を呼び寄せ、幸福な家庭をつくる、という事ですね、これは、道徳上、悪い事でしょうか。」

「あなたの言う事、何だか、わけがわからないけど、男のひとは誰でも、お金が、うんとたまると、そんなケチくさい事を考えるようになるらしいわ。」

「それが、だから、悪い事でしょうか。」

「けっこうな事じゃないの。どうも、よっぽどあなたは、ためたな？」

「お金の事ばかり言ってないで、……道徳のね、つまり、思想上のね、その問題なんですがね、君はどう考えますか？」

「何も考えないわ。あなたの事なんか。」

「それは、まあ、無論そういうものでしょうが、僕はね、これはね、いい事だと思うんです。」

「そんなら、それで、いいじゃないの？　電話を切るわよ。そんな無駄話は、いや。」

「しかし、僕にとっては、本当に死活の大問題なんです。僕は、道徳は、やはり重んじなけりゃならん、と思っているんです。たすけて下さい、僕を、たすけて下さい。僕は、いい事をしたいんです。」

「へんねえ。また酔った振りなんかして、ばかな真似《まね》をしようとしているんじゃないでしょうね。あれは、ごめんですよ。」

「からかっちゃいけません。人間には皆、善事を行おうとする本能がある。」

「電話を切ってもいいんでしょう？　他にもう用なんか無いんでしょう？　さっきから、おしっこが出たくて、足踏みしているのよ。」

「ちょっと待って下さい、ちょっと。一日、三千円でどうです。」

思想戦にわかに変じて金の話になった。

「ごちそうが、つくの？」

「いや、そこを、たすけて下さい。僕もこの頃どうも収入が少くてね。」

「一本（一万円のこと）でなくちゃ、いや。」

「それじゃ、五千円。そうして下さい。これは、道徳の問題ですからね。」

「おしっこが出たいのよ。もう、かんにんして。」

「五千円で、たのみます。」

「ばかねえ、あなたは。」

くつくつ笑う声が聞える。承知の気配だ。

コールド・ウォー（二）

こうなったら、とにかく、キヌ子を最大限に利用し活用し、一日五千円を与える他は、パン一かけら、水一ぱいも饗応《きょうおう》せず、思い切り酷使しなければ、損だ。

温情は大の禁物、わが身の破滅。

キヌ子に殴られ、ぎゃっという奇妙な悲鳴を挙げても、田島は、しかし、そのキヌ子の怪力を逆に利用する術《すべ》を発見した。

彼のいわゆる愛人たちの中のひとりに、水原ケイ子という、まだ三十前の、あまり上手でない洋画家がいた。田園調布のアパートの二部屋を借りて、一つは居間、一つはアトリエに使っていて、田島は、その水原さんが或《あ》る画家の紹介状を持って、「オベリスク」に、さし画でもカットでも何でも描かせてほしいと顔を赤らめ、おどおどしながら申し出たのを可愛《かわい》く思い、わずかずつ彼女の生計を助けてやる事にしたのである。物腰がやわらかで、無口で、そうして、ひどい泣き虫の女であった。けれども、吠《ほ》え狂うような、はしたない泣き方などは決してしない。童女のような可憐な泣き方なので、まんざらでない。

しかし、たった一つ非常な難点があった。彼女には、兄があった。永く満洲《まんしゅう》で軍隊生活をして、小さい時からの乱暴者の由で、骨組もなかなか頑丈《がんじょう》の大男らしく、彼は、はじめてその話をケイ子から聞かされた時には、実に、いやあな気持がした。どうも、この、恋人の兄の軍曹《ぐんそう》とか伍長《ごちょう》とかいうものは、ファウストの昔から、色男にとって甚だ不吉な存在だという事になっている。

その兄が、最近、シベリヤ方面から引揚げて来て、そうして、ケイ子の居間に、頑張っているらしいのである。

田島は、その兄と顔を合せるのがイヤなので、ケイ子をどこかへ引っぱり出そうとして、そのアパートに電話をかけたら、いけない、

「自分は、ケイ子の兄でありますが。」

という、いかにも力のありそうな男の強い声。はたして、いたのだ。

「雑誌社のものですけど、水原先生に、ちょっと、画の相談、……」

語尾が震えている。

「ダメです。風邪をひいて寝ています。仕事は、当分ダメでしょう。」

運が悪い。ケイ子を引っぱり出す事は、まず不可能らしい。

しかし、ただ兄をこわがって、いつまでもケイ子との別離をためらっているのは、ケイ子に対しても失礼みたいなものだ。それに、ケイ子が風邪で寝ていて、おまけに引揚者の兄が寄宿しているのでは、お金にも、きっと不自由しているだろう。かえって、いまは、チャンスというものかも知れない。病人に優しい見舞いの言葉をかけ、そうしてお金をそっと差し出す。兵隊の兄も、まさか殴りやしないだろう。或《あ》いは、ケイ子以上に、感激し握手など求めるかも知れない。もし万一、自分に乱暴を働くようだったら、……その時こそ、永井キヌ子の怪力のか

げに隠れるといい。

　まさに百パーセントの利用、活用である。

「いいかい？　たぶん大丈夫だと思うけどね、そこに乱暴な男がひとりいてね、もしそいつが腕を振り上げたら、君は軽くこう、取りおさえて下さい。なあに、弱いやつらしいんですがね。」

　彼は、めっきりキヌ子に、ていねいな言葉でものを言うようになっていた。


　太宰治の『グッド・バイ』はこれで終わりだ。本当に尻切《しりき》れトンボで、突然ぷっつりと切れている。

　愛人らを訪ね歩き、別れ話を持ちかけていくという物語の前提は、冒頭に記されている。しかしその後、ひとり目の女性と別れたのちは、キヌ子とのドタバタ劇に長々と脱線する。〝コールド・ウォー（一）〟でもそれを引きずるが、次の〝コールド・ウォー（二）〟にかけ、わりと力ずくで本来の物語に戻そうとした感じだ。ふたり目の女性、ケイ子のエピソードが始まるが、戦地帰りの兄という難関が立ちふさがる。ここに怪力のキヌ子をぶつけようと田島が考えるところで、物語は永遠に中断したままになる。

『グッド・バイ』は朝日新聞に連載された。依頼があったのは『人間失格』の前だったが、その時点ですでに太宰は『グッド・バイ』の構想を思いついていた。太宰に執筆を求めた朝日新聞の学芸部長の証言がある。太宰が書こうとしたのは〝逆のドン・ファン〟だったらしい。十人ほどの愛人に惚《ほ》れられている男が、順次別れていこうと画策する。グッド・バイ、またグッド・バイと……。ところが最後には、幸せに過ごそうと思っていた妻から、反対にグッド・バイされてしまう。

そのようにオチまできまっていたことを考慮してみる。太宰は『グッド・バイ』の途中にでてくる愛人たちとの別れ話に、自分の思い出を重ねようとはしたものの、全体としては自由奔放な創作を楽しもうとした気配が濃厚だった。キヌ子の極度に戯画化されたキャラクターが、それを示唆しているように思えてならない。『人間失格』をわきに置き、これが太宰の実体験であり心中の経緯だとは、どうにも信じがたい。

連載の十三回分を書いたところで絶筆。経験談を綴《つづ》ったのなら、初めからきまっていたオチなどなかったことになる。学芸部長の証言は事実に反していたのか。現実には三人目か四人目ぐらいまで、愛人を振っていた可能性があるが、そこまでに太宰はすっかり罪悪感に打ちひしがれ、富栄と心中したというのか。

スマホが振動した。電話が着信している。画面表示によれば扇田刑事からだった。

李奈は急ぎ応答した。「はい」

「杉浦先生」扇田の声がいった。「じつはこれから南雲邸にお邪魔し、聡美さんに話をきくことになってるんです」

「奥様に会われるんですか。もうだいじょうぶなんでしょうか」

「ええ。お元気になられて、むしろまた捜査に協力したいとおっしゃるんです。それで、杉浦先生にも同席してもらっていいですかときいたら、聡美さんもぜひにと」

「なぜそんな……。わたし、まったくお役に立てませんでしたけど」

「いま少しお力をお借りできませんか」扇田の声が切実な響きを帯びた。「捜査が暗礁に乗り上げかけているんです」

8

南雲邸は二階が閉鎖されたままだった。夫を亡くした聡美も、いまは近くのマンションを借りて住んでいて、きょうはわざわざ自宅に戻ってきたという。あのとき記者らが集まっていた遊戯室を、聡美は接客の間と呼んでいた。ビリヤード台のわきにあるソファで、李奈は扇田刑事とともに、聡美と向かい合った。

周りには私服と制服の警官がふたりずつ立っている。李奈がミステリを書いたとき、刑事ひとりが聞きこみにまわるくだりで、講談社の校正からエンピツが入ったことがある。証拠能力を高めるため、刑事はふたり以上で行動するはずだと記されていた。これについてKADOKAWAや新潮社できいたところ、特にそんなルールはないとの返答だった。とはいえ実際に捜査では、やはり頭数を増やしておく傾向があるらしい。いったいわないを避けるには当然の判断だろう。

扇田は聡美にきいた。「太宰の遺書とみられる文書について、筆跡鑑定を進めるうち、ご主人に変化はみられましたか」

聡美は前に会ったときよりも痩《や》せ、やつれた印象があった。うつむきがちな聡美がたずねかえした。「変化とおっしゃると……？」

すると扇田刑事は一枚の紙を差しだした。聡美は黙ってそれを受けとった。

李奈は紙を事前に見せてもらっていた。箇条書きが連なっている。

部屋に引き籠《こ》もる。口数が減る。周りへの関心がなくなる。新聞を読まなくなる。テレビを観なくなる。急に競馬やパチンコに熱中しだす。食欲が減る。深酒になるか、反対に酒を敬遠し始める。孤独を口にする。身だしなみに気を遣わなくなる。怒りっぽくなる。思い出話が増える。雑音に敏感になる。不注意による怪我が増える。医師から薬を多くもらおうとする。手紙や写真の整理を始める。大切にしてきた物を人にあげる。学生時代の友達や遠方の親族の消息を気にする。自分を責める。配偶者の将来を絶望視する。厭世《えんせい》的な発言が増える。体調不良をうったえる。やたら朝早く起きる。

すべてうつ病の初期にみられる症状、自殺の兆候とされる特徴だと扇田はいった。密室で南雲が自分で火をつけた、その可能性が濃厚である以上、自殺を疑うのはやむをえなかった。

聡美は憂鬱《ゆううつ》そうに首を横に振り、紙をテーブルに置いた。「どれも当てはまりません。むしろぜんぶ逆です。鑑定に取りかかってからというもの、夫はいつも興奮しきっていて、感動した、そのひとことばかりを繰りかえすんです」

「感動ですか……」

「この遺書を目にすれば、人々は太宰治という人物の奥深さに、あらためて関心を寄せるだろうと。『グッド・バイ』という遺作が未完ではなく、じつはあれで完結していたと納得できるともいってました」

李奈は思わず声をあげた。「完結？　『グッド・バイ』がですか」

「ええ」聡美がうなずいた。「連載を十三回で終了したのも、太宰が聖書を読みふけるようになった影響だそうです。キリスト教で十三が忌まわしい数とされていることを、太宰は意識していたのだろうと……。わたしは興味が持てず、ただ聞き流していたのですが」

太宰が聖書を読み始めたきっかけはよく知られている。二十六歳のころ、第一回芥《あくた》川《がわ》賞の候補となるが落選してしまう。翌年、麻薬性鎮痛剤《パビナール》中毒が悪化、五十本も注射する日があったという。親族は太宰を東京武蔵野《むさしの》病院に強制入院させた。〝入院中はバイブルだけ読んでゐた〟と太宰は書いている。

その聖書なら以前、李奈は神奈川近代文学館の展示で目にした。見返しに太宰の手による書きこみがあった。〝かりそめの人のなさけの身にしみてまなこうるむも老いのはじめや〟という短歌は、のちに太宰が入院中の生活を綴った短編『ＨＵＭＡＮ　ＬＯＳＴ』にも書いてある。

聖書の見返しには短歌のほかに、〝聖書送つてよこす奥さんがあれば僕もも少し笑顔の似合ふ顔に成れるのだけれど　太宰治〟とも記してあった。このときの〝奥さん〟とは、妻の小山初代《おやまはつよ》のことだ。太宰の入院中、初代が浮気をしていたとの告白を、退院後に受けてしまう。絶望した太宰は初代との心中を図るが未遂に終わる。太宰にとっては四度目の自殺未遂だった。初代と別れたのち、太宰は十か月近く、なにも書かないまま過ごす。

太宰はクリスチャンではなかった。聖書に興味をしめしたものの、そこに書かれている教義の頑《かたく》なさに、太宰はむしろ反発し冷笑していた。『グッド・バイ』の連載が十三回で終わったからといって、その数字が太宰の意図的なものだったといえるだろうか。そもそも『グッド・バイ』があれで完結だったとは信じられない。

李奈は聡美にたずねた。「遺作の連載が十三回で完結だったとか、キリスト教の影響だとか、遺書とみられる文書にそう明記されていたんでしょうか。それとも文面は曖昧《あいまい》に留《とど》まっていたところを、南雲先生がそのように推察なさったんでしょうか」

「あるていどは書いてあったような口ぶりでした」聡美は太宰のことより、夫について話題にしたがっているようだった。憔悴《しょうすい》しきった顔で聡美は付け加えた。「うつ状態の裏がえしで、躁《そう》状態になっていたのではと、別の刑事さんにきかれました。でもそれはないと思います」

扇田刑事がきいた。「ご主人の話ですね？」

「もちろん夫の話です」聡美は表情をこわばらせた。「太宰治について知りたいことがあるなら、わたしじゃなく専門家のかたをあたったほうがいいでしょう」

「失礼しました」扇田は身を乗りだした。「医師にきいたんですが、火災による一酸化炭素中毒というのは、たちまち起きるわけじゃなく、まずは苦しくなって激しく咳《せ》きこむそうです。あの規模の火事なら、自覚症状ののちも、まだ行動を起こせる余裕があると」

「そうですか」

「なにかのはずみでボヤが発生したとしても、ドアに逃げられたはずなんです。でも南雲氏は燃えひろがる炎を前に、ずっと机に向かいつづけた。ドアは内側から施錠したままだった。体内から睡眠薬なども検出されていないし、事故はありえないんじゃないかというのが、医師の見解です」

「夫は自殺したとおっしゃるんですか」

「……その可能性の有無をおたずねしたくて」

「ありえません。それについてはまったく腑《ふ》に落ちません」

李奈は穏やかな物言いに努めた。「南雲先生は以前から太宰治をお読みだったそうですね?」

「……はい」聡美が応じた。「ほとんど読んでいたそうです」

それなら付け焼き刃の浅い知識だけで、十三という連載回がキリスト教の影響だときめつけたりはしないだろう。しかしそんなことが、遺書とみられる文書に明記してあったのだとすれば、内容がますます気になる。

岩崎翔吾事件の記憶が脳裏をよぎった。ほかに誰もいない喫茶ドロテのカウンターを挟み、河村《かわむら》店長がぼそぼそと告げてきた。小説にのぞく高潔さや尊さ。エッセイに垣間《かいま》見える俗物さ加減。両方ひっくるめて、太宰治という作家が見えてくる。河村はそんなふうにいった。

太宰は純粋で真面目な性格だった。もちろん素行だけ見ればそうではない。悪友とつきあい、酒や薬物に溺《おぼ》れる。それでも太宰は純粋で真面目といえた。一方で太宰は弱い。欲望にはいつも勝てない。だが自分のだらしなさをさらけだし、過ちをすなおに認められる点において、強い人と呼べるのではないか。純粋で真面目であるがゆえの強さだ。それ以外はかぎりなく弱い。そういう極端な二面性にこそ太宰の個性がある。

坂口安吾《さかぐちあんご》の評論『不良少年とキリスト』は、太宰治について回顧している。彼によれば太宰は〝二日酔《フツカヨイ》い的に死んだ〟ことになる。太宰は喜劇役者《コメジアン》を自称していたが、そうはなりきれなかった。自責や後悔に伴う苦悶《くもん》は、二日酔いのなかで浄化すべきものであり、けっして文学や人生のテーマにしてはならない。なのに誰よりも真面目だった太宰は、小説に晒《さら》す自己の恥の数々により〝赤面逆上的〟に苦しめられていたという。

虚無は思想ではないと坂口は書いている。思想に対しニヒリズムを強調するばかりの、太宰ならではの二日酔い的自虐に、ファンの読者らは魅了されている。真面目であるがゆえ、太宰はファンが望むような破滅の道をたどらざるをえなくなった。彼の〝救われざる悲しさ〟は、ファンなどにはわからないと坂口は断じる。

坂口によれば、キリストを引き合いにだすのも、太宰の弱さでしかなかった。それは〝弱虫の泣き虫小僧の不良少年の手〟だという。キリストの権威性を借り、そこに超然とした態度をとることで偉ぶってみせる。けれども本当はなんの思想も持たず、ただ虚無だけのために、太宰は死んでしまった。〝芥川も、太宰も、不良少年の自殺であった〟と坂口は主張する。特に太宰は、ひねくれた性格ゆえに、まともに思想を追究しようとしなかった。自責や懺悔《ざんげ》ばかりの虚無に浸りきり、とうとう自己破滅にまで至ってしまうなど、文学でも学問でもない。ファンの求める虚無の文学を、二日酔いの喜劇役者の気分で執筆しては、酔いが醒《さ》めて自己嫌悪に陥る。その繰りかえしで精神をすり減らした太宰の所業を、原爆を作るのと同じ愚行だと坂口は結論づけている。

太宰が書いたものは〝二日酔いの喜劇役者〟による芸にすぎなかったのだろうか。

読者がまともに受けとった結果、虚無に陥ってしまい、自殺したくなるケースはあるのか。後追い自殺をしたファンがいたとは報じられている。だが南雲亮介のような年配の知識人に、そんなことが起こりうるのか。太宰の遺書が本物だったとすれば、なぜそれを燃やし、自分の命を絶たねばならなかったのか。

扇田刑事の声がきこえた。「杉浦さん」

ぼんやりと我にかえりつつ、いつしかもの思いにふけっていた、李奈はそう自覚した。「はい?」

「だいじょうぶですか」

「ええ。なんでもありません」

李奈は聡美を見つめた。疲弊しきった婦人の顔がそこにある。視線はテーブルに落ちたままだった。

聡美がぼそぼそと告げてきた。「記者の人たちが壁を壊し、ドアを開けて、火を消しとめたあと……。わたしはひとり二階の廊下にへたりこんでいました。パトカーのサイレンがきこえたとき、記者の人たちはみんな下りていったので……。煙の立ちこめる部屋のなかに、夫の丸めた背中が、うっすら見えるのみでした」

扇田刑事が神妙にいった。「記者のみなさんは、急ぎ警察を出迎え、二階に誘導しようと必死だったそうです」

「わたしはほったらかしでした。記者さんたちは、夫を部屋からだそうともしなかったし、心肺蘇生《そせい》もしてくれなかった」

それをいうなら聡美も同様だろう。しかしそのことを責める声はあがらない。あまりに酷な話だからだ。

記者たちがドアを開けたとき、南雲はもう絶命していた。そこについては警察の嘱託医が事実だと断言している。結果論ではあるが、なにをしようが助かる見込みはなかった。推理小説的に疑いの目をもってみても、じつはまだ息のあった南雲を、夫人がひとりきりになってから殺害したとか、そんな可能性は皆無だと医師にいわれた。南雲はそれ以前に火事の煙を大量に吸い、一酸化炭素中毒死していた。

聡美が弱々しい声で扇田刑事に問いかけた。「なにか進展は……?」

「そうですね」扇田は指先で額を掻《か》いた。「これも、あのう、太宰のことといえばそうなんですが……。灰を分析中の鑑識によれば、燃える前の紙がいつの年代の物かは、近いうち判明するそうです」

深く長いため息をつき、聡美がじれったそうに問いかけた。「夫のことは?」

「……ご主人に関しましては、いままで申しあげたとおりです」

ならないことは、すべて……」

「ご質問はこれだけですか」

「ええと、はい」扇田は口ごもった。「そうですね。現時点でおうかがいしなければならないことは、すべて……」

聡美は硬い顔で腰を浮かせた。「ではもうよろしいですか」

扇田刑事があわてたように立ちあがった。李奈もそれに倣った。

頭をさげた聡美がドアに向かいだす。居合わせた刑事や警官もおじぎをする。振り向きもせず聡美は退室していった。刑事がひとり追いかける。お送りしますよ、そう声をかけるのがきこえた。いえ、いいんですのと聡美が応じた。玄関へと遠ざかったからだろう、それ以降の会話は不明瞭《ふめいりょう》だった。

扇田刑事が戸惑い顔でたたずんだ。「話すうちになにか見えてこないかと期待したんですがね。自殺の兆候もないとなると、どう結論づけたものか」

李奈は疑問を口にした。「壊した壁のなかの閂《かんぬき》は、もともと正常に機能してたんでしょうか」

「いかにも小説家さんの発想ですね。鑑識が問題なかったといっています。事前の細工や不具合の痕跡《こんせき》はみられません。それにボヤ発生時、南雲氏が閉じこめられたとしたら、ドアの近くに倒れているはずでしょう。机に突っ伏していたりはしませんよ」

「そうですよね……。科学鑑定の専門家さんに連絡はつきましたか？」

「それがまだなんです。法科学鑑定研究所でも働いていた、京大元教授の吉沢恭一郎《よしざわきょういちろう》という人なんですが、借金取りに追われて逃げまわっているらしくて」

「遺書とみられる文書の内容は依然、総理ら著名人の伝聞でしかわからないってことですね……」

小説なら当然、遺書が偽物だとバレては困る犯人が、筆跡鑑定家を殺害したという真相だろう。しかし南雲は密室内で死んでいた。あらゆる密室もののトリックが頭を駆けめぐる。横溝正史《よこみぞせいし》『本陣殺人事件』に山村美紗《やまむらみさ》『花の棺』、ガストン・ルルー『黄色い部屋の秘密』……。困惑が募るばかりだった。なにひとつ当てはまらない。

9

日没後、李奈は阿佐ケ谷《あさがや》駅北口から中杉《なかすぎ》通りを歩き、自宅マンションへと向かっていた。

心が霧のごとく物憂い。太宰治の綴《つづ》る虚無に呑《の》みこまれそうだ。けれども南雲が自分で火を放つほど、人生に絶望したとは信じられなかった。太宰の遺書が本物だったたとしても、いかに鬱屈《うっくつ》としたことが書いてあろうが、読み手に生への執着を失わせるほどだとは思えない。まして南雲は、妻や知人に対し目を輝かせ、興奮ぎみに喜びを伝えていたというではないか。

　作者の思想に読者が影響を受けることはありうる。しかし坂口安吾のいうように、太宰のなかにあったものが思想でなく虚無なら、その虚無に読者が染まってしまう事態は起こりうるのだろうか。

　太宰は芥川に憧《あこが》れていた。そっくりのポーズで写真を撮るほど理想の存在だった。だが芥川の自殺については、妻子を残し勝手に死ぬのは無責任だと批判した。ところが晩年、理解できる気がしてきたと、再度考えをあらためたようだ。

　芥川の自殺は、本人も書き遺《のこ》したように〝ぼんやりした不安〟のためだったとされる。短編を多く手がけたものの、長編が書けず、そのうち短編もアイディアが尽きだした。作風は難解になり、読者離れが起きた。芥川が小説家としての将来を悲観したことも、動機のひとつだったと解釈される。自身の病弱による健康不安、母の統合失調症も背景にあったかもしれない。義兄が放火容疑をかけられ自殺したため、賠償を芥川が肩代わりしたが、支払いきれないほど高額だった。そうした諸々《もろもろ》が芥川を絶望させたという説もある。

太宰は憧れの芥川の名を冠した文学賞、芥川賞を獲《と》れない自分を悲観していた。自殺未遂を繰りかえすほど心が病んでいった。彼が作品にこめた思いの果てに、死は不可避だったとする見方さえある。

けれどもそんなに単純に、芥川や太宰の作家論に集約させていいのだろうか。自殺に至る心理とは、もっと複雑なものではないのか。

李奈は歩きながら頭を振った。こちらの自我まで正常さを失ってしまいそうだ。太宰の本は面白いし共感もする、それだけではいけないのか。深読みしようとするあまり、心が不安定になっていくのを自覚せざるをえない。過剰に書き手と作品を結びつける作家論は好ましくない。テクスト論のみで読み解くべきではないのか。それでは真相が見えてこないものなのだろうか。

ふだん遠く感じるマンションだが、いつの間にかすぐ近くまで来ていた。気を取り直し、なかに入ろうとしたとき、エントランス前に人影をふたつ目にした。

兄の航輝のじれったそうな声が響いてきた。「だからいってるでしょう。李奈は出版関係のトラブル解決人でもなければ、悩み相談窓口でもないんです。押しかけられても迷惑です」

また気持ちが萎《な》えしぼむ。やはり前に住所をばらされたことが、いまだに尾を引いている。航輝の口ぶりからすると、来訪者は読者でなく出版関係者のようだ。

エントランスに歩み寄ると、ふたりが同時にこちらを向いた。航輝と話すのは三十代半ばぐらいの女性だった。見覚えのある顔だと李奈は思った。本屋大賞のパーティーでいちど挨拶《あいさつ》を交わした。

「あー」李奈はつぶやいた。「たしか鷹揚《おうよう》社さんの……」

痩《や》せた色白の女性が顔を輝かせた。「そうです。柊日和麗の担当編集、小松由紀《こまつゆき》です。ご無沙汰《ぶさた》しております、杉浦さん」

航輝が眉《まゆ》をひそめた。「なんだ。知り合いだったのか？」

柊日和麗とは依然連絡がつかない。李奈は不安とともにきいた。「なにかあったんですか」

「いまもお兄様にお願いしていたところなんですが、どうか相談に乗っていただけないでしょうか」由紀が心細げなまなざしを向けてきた。「柊日和麗が失踪《しっそう》しました。行方不明なんです」

10

間取りはアパートのころより広い1LDK。このマンションは収納も多く、空間的なゆとりがある。なにより鉄筋コンクリート造で、ふつうの声量で話せば隣に響かない。夜になってから客を招いても、苦情を受ける心配がない。

IHコンロで手早く湯が沸かせるのも好都合だった。湯気の立つコーヒーカップを三つ、リビングのテーブルに運ぶと、小松由紀が恐縮の面持ちで腰を浮かせた。手伝おうとする由紀に、李奈は微笑してみせた。だいじょうぶですから、静かにそういった。

李奈がソファに腰かけると、ようやく由紀はまた浅く座った。肩を落とす由紀に李奈は話しかけた。「わたしも柊日和麗さんと連絡がつかなくて、ずっと心配してたんです」

航輝が由紀に問いかけた。「警察に相談しましたか」

「いえ。それが」由紀が困惑ぎみにいった。「坪倉《つぼくら》さんのご両親に、行方不明者届をだすべきではと申しあげたんですが……」

「坪倉さん？」

「ああ……。失礼しました。柊日和麗の本名は坪倉海人《かいと》といって、岡山県出身の二十八歳です。でもご両親は作家業に反対しており、実家に戻って正業に就くことを望んでいて、あまり仲も芳しくなく……」

李奈は思わず苦笑した。「よくある話です。小説家も正業だと思いますが」

由紀がうなずいた。「本人はもうアラサーですし、親には頼らず小説を書いていくと常々いっていました。先日の本屋大賞ノミネートも、柊にとってはおおいに励みになったようです。とはいえ、近ごろは書けないと悩むことが多かったらしくて」

「ええ。パーティーでも少し話したんですが、柊さんはそんなことを口にしていました。アイディアが浮かばないし、思うように筆が進まないって」

航輝が見つめてきた。「太宰の遺書がらみの報道に影響を受けたんじゃ……」

「それはない」李奈は否定した。「ラインに既読もつかなくなったのは、太宰の遺書発見かってニュースより前だった。南雲邸の騒動どころか、遺書とみられる文書自体が取り沙汰《ざた》されてもいないころ」

由紀も同意した。「おっしゃるとおりです。太宰の遺書に関する報道は、たしか二月下旬ぐらいだったかと。柊と連絡が途絶えたのは一月半ばです」

李奈は由紀に目を戻した。「柊さんこと坪倉さんは、どちらにお住まいだったんですか」

「立川《たちかわ》のアパートでひとり暮らしです。ちょっと遠いので、こちらから頻繁に足を運ぶこともなく、長いことようすがわからなくて」

「でもいなくなったことを知ったわけですね」

「家賃を滞納していると連絡があったんです。柊は保証人を使わず、保証会社と契約していました。でも書類に緊急連絡先だけは記入が必要で、鷹揚社の電話番号と、わたしの名前が伝わっていました」

「ほかに誰か柊さんのお友達は……?」

「それが彼はあまり交友関係が広くなくて、岡山の大学を卒業してから上京してるので、旧知の間柄といえる人もいないようです。お酒も飲まないし、遊び好きでもなかったし……。杉浦さんに連絡がなかったかどうか、そこもおうかがいしたかったんですが」

「わたしも返事をまってたんですが、ずっと音沙汰《おとさた》ありませんでした。原稿をうまく書き進められないとき、いつも柊さんのことが頭をよぎって、慰め合いたいなと思ったりしたんですけど」

また航輝が小言を口にしそうな気配があった。李奈は露骨に無視した。なにをいいたがっているかは予想がつく。そんな単純な関係ではないと李奈は思った。小説家という孤独な稼業どうし、通じ合うものがあると感じていただけだ。だがそれはある意味、ほかのどんなつながりよりも深かった。

心を文章で独白し、物語を紡ぎだす。好きで始めた仕事のはずなのに、異常なことを生業《なりわい》にしようとしている、ふとそんなふうに自覚するときがある。いつまでつづくのか、駄文が作品として受けいれられるのか。いちど気になりだすと、たちまち不安でたまらなくなる。売れない小説家なら誰でも経験する苦しみだろう。柊日和麗は李奈よりもっと悩んだはずだ。なぜなら……。

李奈はつぶやきを漏らした。「彼は純文学ひとすじだから」

しばし沈黙があった。航輝が戸惑いをしめした。「……だから、なんだ？　ああ、そうか。純文学系だと太宰に心惹《こころひ》かれてた可能性もあるよな。同じようにうつ状態にとらわれがちだとか」

また苦笑せざるをえない。李奈は首を横に振った。「純文学といってもいろいろあるの。柊さんは太宰とは相容《い》れない。強いていえば大江《おおえ》健三郎《けんざぶろう》の繊細さに近いかも……」

由紀が表情を和ませた。「わたしもそう思います。少々とっつきにくいところがありますが、魅力を知れば何度も読みたくなるっていう」

航輝は難しい顔になった。「読書が得意じゃないからわからないな。じつは純文学ってのがなんなのかよく知らない。李奈の書く小説とどうちがう？」

ため息とともに李奈は答えた。「わたしのは大衆文学。純文学は通俗性よりも芸術性が重んじられるの」

「李奈の小説も芸術的だよ。俺にいわせればな」

「大衆文学は読者ファースト。純文学は作家ファースト。作家が大衆に媚《こ》びることなく好きなように書く。あくまで自分を突き詰めて、それで読者がついてくれば名作になる」

由紀が唸《うな》るようにいった。「正直なところ、まだ柊日和麗はそこまでは……。本屋大賞ノミネートだけでは、そんなに部数も伸びませんでしたし、小ロットの重版さえなかなかかかりません」

自分のことのように胸が痛い。李奈はささやいた。「わかります……」

「ですから弊社でも、柊と音信不通になったことが、一大事にとらえられていないふしがあって……。作家は社員じゃないので、連絡が途絶えたら関係も自然消滅、そんなことも少なくありません。ただわたしは気になってるんです。柊は悩みがちな人でしたが、不誠実ではなかったと思います。メール一通さえ寄越《よこ》さないのは変です」

　李奈は由紀を見つめた。「一大事にとらえられていなくても、作家とは出版契約を結んでいるのだし、編集部にとって無関心ではいられないことだと思いますが。本人が書けないと悩んでいたからには、新作をだす予定もあったんでしょうし」

「そうなんです。柊にはうちで新たに出版企画の通った次回作案がありました。原稿が遅々として進まなくて、ずっと編集長にせっつかれていました」

「鷹揚社の文芸編集長さんというと……」

「田野瀬抄造《たのせしようぞう》です。ご存じですか」

「ええ、お名前は。名物編集長さんですから」

　航輝が妙な顔になった。「名物？」

「集英社でベストセラーをたくさん手がけたあと、鷹揚社に引き抜かれてからは、鬼編集長としてメディアに多く露出してる人」

「あー。なんかの番組で観たな。時代錯誤のパワハラリーダーだとか」

「ちょっと……」

　由紀は力なく微笑した。「いいんです。おっしゃるとおりです。田野瀬からは柊の新作について、出版予定があるんだから早くなんとかしろと急《せ》かされています。でも人気作家ではないので、トラブルが生じたとしても会社を巻きこむなとも。柊と連絡がとれなくなったのを、田野瀬が知ったうえでの話です」

航輝が露骨に嫌悪をしめした。「ひどいな。小説家を人間あつかいしてないんじゃないのか」

李奈は憂いとともに由紀にきいた。「田野瀬さんは警察への相談について前向きですか」

「いえ……。最初から我関せずの態度を貫いているので、柊の失踪《しっそう》にどう対処するのか、まったく話題に上らないありさまでした」

ようやくコーヒーカップを取りあげたのは航輝だった。「行方不明者届って、身内以外もだせるのかな」

由紀が深刻な面持ちで答えた。「同居者と雇主のほかに、〝行方不明者と社会生活において密接な関係を有する者〟となってます。柊はうちと仕事をしてるので、関係が認められる可能性はなきにしもあらずですが、両親から提出してもらったほうが早そうです。でも……」

李奈は状況が呑《の》みこめた気がした。「柊さんと不仲だったせいで、ご両親が同意してくれないとか？」

「そうなんです」由紀が困惑のいろを濃くした。「杉浦さん。柊のアパートは、大家さんが警察官の立ち会いのもと、鍵《かぎ》を開けました。部屋は散らかっていないし、なんだか突然いなくなった感じなんです。室内だけでも見てもらえませんか。杉浦さんならなにかわかるかも」

「そんな期待をされても……。行方不明者届さえだせば、有名でなくともネットニュースあたりは〝作家の失踪〟をとりあげてくれるかも。それで情報が集まるのを期待したほうがいいんじゃないでしょうか」

「無理なんです」由紀の目が潤みだした。「会社として行方不明者届をだすことを、田野瀬に提言するのさえ難しくて……」

いまにも泣きだしそうな由紀の顔を見るうち、李奈のなかで決意が固まりだした。柊日和麗が消息不明。ほうっておけるはずがない。李奈はいった。「柊さんの部屋のほかに、編集部にもお邪魔していいですか。孤独な作家にとって、世界はほぼそのふたつだけなので」

由紀が驚きのまなざしで見かえした。喜びをあらわにし、由紀は声を弾ませた。「もちろんです！　お願いできますか。本当にありがとうございます」

航輝が苦い顔を近づけてきた。「李奈。おまえ、警察から逆に相談を持ちかけられてる側だぞ。南雲邸の件も抱えてるし、小説の執筆もしなきゃいけないんだろ?」

兄妹《きょうだい》でひそひそ話はしたくない。李奈は身を退かせた。「なんとか頑張ってみる」

「なんでそんなに……。やっぱあれか。柊日和麗ってのに気があるのか」

おせっかいな物言いが母に似てきた。李奈はぶっきらぼうに吐き捨てた。「やめてよ。年上の作家仲間への尊敬と思いやりなんて、どうせお兄ちゃんにはわからない」

11

柊日和麗のアパートや鷹揚社への訪問は、由紀が段取りをつけるといった。翌日の午後三時に立川で待ち合わせる。朝からは扇田刑事につきあい、南雲邸で会った記者のひとりと会わねばならない。正午すぎにはKADOKAWAの菊池が紹介してくれた、太宰治に関する専門家に面会できることになった。

いつ小説を書くんだという航輝からのラインには答えず、李奈は中央線快速《ちゆうおう》の混みあう車内で、スマホで原稿執筆を少しずつ進めた。もちろん捗《はかど》らないが、なぜかひとりで自室に籠《こ》もっているより、それなりに集中できる気がする。いままで想像できなかった展開がふと頭に浮かんだりした。怪我の功名かもしれないと李奈は思った。今後の三章ぐらいは、電車のなかで思いついたアイディアだけで書き進められそうだ。

明大《めいだい》通り沿いを、工事中の三省堂書店本店のほうへと歩き、靖国《やすくに》通りに向かう。千代田《ちよだ》区一ッ橋《ひとつばし》二丁目、集英社と小学館の社屋が並んでいた。

二〇一六年に建て直された小学館本社は、高級ホテルか省庁のように豪華なビルだった。同じくゴージャスでも古めかしい講談社にくらべると、モダンな建築のせいか、内装はKADOKAWAになんとなく似ている。けれども規模は圧倒的に大きかった。菊池はいつも講談社や小学館と比較して、社屋の大きさの差だけ給料が安いとぼやく。講談社の社員の年収が高いという話は、業界内のあちこちからきこえてくる。小学館がそれに負けているとは到底思えない。

けさは扇田刑事ともうひとり、三十代男性の刑事が同行していた。岩橋《いわはし》という名だと扇田が紹介した。南雲邸でも見かけた顔だった。

三人とも入館証を手にエレベーターに乗った。フロア内も打ちっぱなしのコンクリート内壁が、随所で洒落《しゃれ》た雰囲気を醸しだす。ラウンジのような広間でまたされることになった。テーブルと椅子が並んでいるが、いまの時間にはほかに誰もいない。

がらんとした広間の一角で、三人だけでテーブルを囲む。李奈は扇田にきいた。

「刑事さんというのは、ふたり以上で行動するのが原則なんですか」

「いえ」扇田刑事が真顔で見かえした。「なぜですか」

「証拠能力を高めるためにも、ふたりで動くという噂をきいたので」

扇田と岩橋が顔を見合わせた。岩橋刑事がきょとんとした表情で李奈に応じた。

「初耳です」

とぼけているのか、それとも真実なのか判然としない。いまのところKADOKAWAや新潮社の説のほうが正しそうには思える。

くだんの記者はまだ現れない。扇田刑事がいった。「杉浦先生。鑑識から報告がありました。灰を溶解して溶液とし、分離や濃縮などを経て詳細に分析したところ、高確率で最近の紙だったと」

「……太宰の遺書ではなかったということですか」

「燃やされた物はそうです。しかもなにも書かれていない白紙だったらしいんです。遺書とみられる文書に関しては、吉沢元教授による科学鑑定で、これまでに見つかった遺書と同じ半紙、同じ筆と墨汁、しかも七十年から八十年の経年ありとされています。それはどこへ行ったのか……」

太宰治が亡くなってから約七十五年。本物の遺書である可能性が高かったからこそ、文書は筆跡鑑定にまわされた。李奈は扇田刑事を見つめた。「太宰の遺書とみられる文書を燃やしたと見せかけ、じつは別の紙を燃やしたんでしょうか」

「そうとも思えますが……。あの部屋のみならず、南雲邸を隈《くま》なく調べましたが、遺書とみられる文書は見つかっていません」

どこかに持ちだされたのだろうか。南雲のいた部屋は密室だったが、ドアが施錠される前に、ほかの誰かが盗んだとも考えられる。盗難の事実を伏せるか、発覚を遅らせるため、南雲が関係のない紙を焼いた。そんな憶測も否定できない。

南雲がいちど一階に下りてきて、興奮ぎみに語ったときには、太宰の遺書は本物だった可能性が高い。実際に太宰の遺稿などが机にあり、筆跡鑑定家の南雲が両者を比較したうえで、本物だと確信を持っていた。しかしその後、遺書はどこかに消えてしまったと考えられる。

岩橋刑事が手帳に目を落とした。「鑑識はライターオイルの成分も検出したといっています。奥様の話では、南雲氏はタバコを吸わないそうです。オイル缶か、それに類する容器も、室内には見当たりませんでした」

李奈は面食らった。「ふしぎですね……。どこからオイルがでてきたんでしょう？」

扇田刑事が渋い顔になった。「まるでわかりません。しかし延焼がひどかったのは、ドアを開けた際に酸素が大量に流入して燃えひろがる、いわゆるバックドラフト現象のせいではなかったんです。ライターオイルは机の上だけでなく、壁や床の一部にまで撒《ま》かれていました」

最初から火災の規模を大きくすることを意図していたのか。一酸化炭素中毒につながることも、あるいは承知の上だったのかもしれない。ただし……。

李奈の感じた疑問を、扇田刑事が先に告げてきた。「南雲氏が自殺を図ったのなら、ライターオイルの容器はどこでしょうな」

推理小説的な発想しか思い浮かばない。李奈はおずおずといった。「火災の熱で溶けてしまう材質だったとか……」

「熱に弱いポリ容器ですか？　なら鑑識が成分を検出しますよ」

「すみません。素人なので。ほかには可能性を考えつきません。窓もない密室での火災だったし、容器を外に捨てるわけにはいきませんし……」

男性のあきれたような声がした。「やれやれ、また若い小説家さんの探偵ごっこか。刑事さんがその娘《こ》を呼んだのは、太宰に詳しいとかそういう理由じゃなかったんですか」

ふたりの刑事が腰を浮かせた。李奈もあわてて立ちあがった。振りかえると『週刊ポスト』記者、四十代半ばの山根が、迷惑顔でたたずんでいた。

「どうも」扇田刑事が頭をさげた。「お時間をいただきまして」

酒の抜けた山根はあくまで醒《さ》めた態度をとっている。つかつかと歩み寄ってくると、テーブルを囲む椅子のひとつに腰掛けた。「早くお願いしますよ。じきに会議ですから」

「ええ、急ぎます」扇田は岩橋とともに着席した。「まずは当夜のようすをおきかせください」

李奈もふたたび座った。山根は李奈を一瞥《いちべつ》したのち、軽く伸びをしながら背もたれに身をあずけた。

「まったく」山根が唸《うな》るようにこぼした。「何度も話したでしょう」

岩橋が身を乗りだした。「そこをもういちどだけ。記者のみなさんは一階の遊戯室にいて、二階にはけっして上らなかった。そうですね？」

「ああ。そのとおりです」

「南雲聡美さんはどうですか。隣の部屋におられたそうですが、あなたがたが遊戯室に詰めているあいだに、二階に上った気配などは……」

「ないって。絶対にありません。僕らは南雲さんが報告書を完成させる瞬間を、首を長くしてまっていた。誰もビリヤードに興じたりはしてない。みんな絶えず聞き耳を立ててた。酒は多少たしなんだが、とにかく敏感になっててね。奥さんが廊下を歩いてくる足音も、姿が見えるより早くききつけた」

「奥様が階段を上れば、きっとわかったはずだと？」

「はずもなにも、まちがいなく気づきますよ。階段からきこえる音には、ひたすら注意を向けていました」

「そう思っていても、記者のかたがたが談笑なさっている隙を見て、奥様が足音を忍ばせつつ階段を上ったとかは……」

「くどいな。ありえないといってるでしょう。僕たちは南雲さんを急《せ》かすわけにいかないけど、奥様ならそれも可能だから、二階に上ってくれることを期待してたぐらいです。だから奥様の行動はずっと気にかけてました」

「でも奥様もいちども上らなかったと？」

「『週刊現代』の浅井さんは赤ら顔でごきげんだったが、僕は油断したりしない。『文春』と『新潮』のおふたりは、酒を一滴も口にせず頑張ってた。とにかく二階には誰も上っていません」

「そうこうしているうちに、煙のにおいに気づき、みんなで二階に上った。南雲さんの書斎は防音室で、分厚いドアは内側から施錠してあったが、通気孔から煙が見えた。奥様の提案で、壁を斧《おの》で壊し、非常用の操作で閂《かんぬき》をずらした。踏みこむと机の半分とその近辺が燃焼中。室内には煙が充満しており、南雲さんは机に突っ伏していた」

「そのとおりだよ。僕らは大慌てで消火器を持ってきて、火を消しとめた。通報してあなたたちが駆けつけた。以上。もうこの質問はこれで最後にしてもらいたい」

扇田刑事が山根にたずねた。「記者さんたちが遊戯室から廊下にでなかったわけじゃないんでしょう?」

山根がため息をついた。「当たり前ですよ。トイレにも行ったし、二階から南雲さんが現れるのを期待して、階段を仰ぎ見たりした。でも僕らは相互に監視してました。他社に抜かれるわけにいきませんからね。とにかく神経質だったんです」

「不審な人物の出入りは?」

「あるわけないですよ。心配なら防犯カメラを調べたらどうですか」

「あいにくあの家には防犯カメラの設置がなかったんです。近所の街頭にも近々設置される予定でしたが、それより早くこんなことが起きてしまって」

「そりゃ残念。不審者が映ってれば、僕らも疑われずに済んだ」

扇田刑事が小さく唸り、李奈に目を向けてきた。「杉浦先生からはなにか……?」

山根が苦言を呈する前に李奈はいった。「遺書とみられる文書の内容について、山根さんが南雲先生からきいたすべてを教えてください」

「だいたいのことはもう話したはず……」

「すべてです。曖昧《あいまい》に触れただけのことも含めて、南雲先生がどういっていたか知りたいんです」

大仰にため息をついたのち、山根が椅子の背から身体を起こした。「首相やら有名女優やらが、報道で話しているようなことを、僕も南雲さんからきかされた。もう少し具体的な内容も打ち明けてくれた」

「どんなことですか」

「太宰の心中相手、山崎富栄は、『グッド・バイ』の永井キヌ子そっくりだと遺書に書いてあったって」

「……永井キヌ子に? 怪力でダミ声のキヌ子にですか」

「南雲さんがそういってたというだけだ。例によって情報を小だしにして、僕らの興味を掻《か》き立てようとするんだから始末が悪いよ。詳しいことは文面を読めばわかるわけだし、僕らとしちゃまつしかなかった」

いままで断片的に判明した内容をまとめてみる。遺作『グッド・バイ』と同じように、太宰は愛人たちを順繰りに訪ね、別れ話を持ちかけていった。ただし一緒に連れ歩いたのは富栄だった。富栄と結婚するから、自分のことは忘れてくれ、太宰はどの愛人にもそう話したのだろう。ところが山根によれば、本物の富栄も『グッド・バイ』のキヌ子そっくりだったと、太宰の遺書に書いてあったという。

『グッド・バイ』をめぐっては、過去にさまざまな研究がなされてきた。今回の騒動以前から、太宰の実体験があるていど交ざっているのでは、そんな説もあった。けれども良家出身の才女たる富栄が、キヌ子そっくりだったかもしれないという話は、仮定ですらきいたおぼえがない。

山根は腕時計に目を走らせると、そそくさと立ちあがった。「悪い。もうこんな時間だ。会議に行きますので失礼」

刑事ふたりと李奈はあわてぎみに腰を浮かせた。特に呼びとめる理由もないため、こちらも黙っておじぎをするしかない。山根は足ばやに立ち去っていった。

胸にぽっかりと穴が開いたような空虚さが残る。李奈は戸惑いとともにたたずんだ。

永井キヌ子のモデルが山崎富栄だったというのか。太宰は愛人らを振る罪悪感に耐えきれず、結局ふたりで心中した……？　『グッド・バイ』のキヌ子が、主人公に同情を寄せ命を絶とうと考えるような、脆《もろ》い心の持ち主とはまるで思えない。富栄が怪力でダミ声だったという記録などない。それでもそっくりだったと太宰が書き遺《のこ》したのなら、なにを根拠にそう感じたのだろう。

きょうの李奈は忙しい。太宰の専門家に会ったのち、行方不明の柊日和麗について、仕事場と版元を訪ねねばならない。

柊を心配する気持ちがまた頭をよぎる。いま目の前に刑事がいる。相談するべきだろうか。李奈はいった。「あのう。柊日和麗という小説家が失踪《しっそう》したんですけど……」

刑事ふたりが揃って真剣な顔を向けてきた。扇田刑事がきいた。「太宰の遺書とみられる文書に、なにか関わりが?」

「……いえ」李奈はうつむくしかなかった。当然の反応だ。所轄もちがうし、こんな相談は持ちかけられない。太宰治とは異なる。柊日和麗なる作家の消息を気にかけているのは、李奈と担当編集者ぐらいしかいない。

12

KADOKAWAの菊池が紹介してくれた太宰の専門家とは、同社の元社員で、文芸ひとすじのベテラン編集者だった。

名前は釣場《つりば》上之《うえの》助《すけ》、七十二歳で独身。自宅が吉祥寺《きちじようじ》なのはありがたかった。李奈は午後三時に立川にいなければならない。釣場が中央線下りの沿線に住んでいることも、菊池は考慮してくれたのだろうか。たぶん偶然だろう。

小ぶりな戸建ての一階、たぶん書斎だった部屋は、いまやまるで倉庫だった。四方の壁に堆《うずたか》く本が積みあがっている。書棚が埋まったのち、手前の床にも本を積んでいった結果、もはや室内中央のわずかな空間を残すのみになったようだ。いちおう四人掛けのソファセットとテーブルがあるものの、周りは天井まで本の山だった。ドアからソファまで、なんとか往来できる幅の隙間が存在するのみ。何百何千という冊数の本が、いつ頭上に崩れてきてもおかしくない。李奈は身を硬くして座っていた。

窓からの陽射しも本の山に遮断され、不気味なほの暗さに包まれている。向かいに座った釣場のぎょろ目が老眼鏡を通じ、いっそう拡大して見える。釣場がしわがれた声できいてきた。「太宰の自殺についてはどれぐらい知っとる?」

李奈は答えた。「最期になった心中よりも前に、五回の自殺未遂を起こしていることや、ほとんど女性がらみだったことぐらいしか……。わたしは太宰治の小説が好きなんです。著者のスキャンダルにはあまり関心がなくて」

「ああ。作家論でなくテクスト論で文学を語りたい派か。若い人には多いな」

「飄々《ひょうひょう》としたユーモアが魅力的で、けっして暗いばかりの作風ではないととらえています。小説を読みこむのは楽しいんですが、背景まで詮索《せんさく》するのはちょっと」

「太宰にかぎってはテクスト論に徹しきるのが正しいとは思わん。なにしろ彼は自殺未遂を起こしては、その経緯や心情を作中に著してきたのだからな。そこを切り離して読んどるから、今度も遺作『グッド・バイ』と、遺書とみられる文書の相関関係がわかりかねるんだろう」

　きめつけが気になるが、一理あることも認めざるをえない。李奈はささやいた。

「そうかもしれません。やっぱり太宰の人となりに目を向けなきゃ駄目ですか?」

「単なる文学研究の域に留《とど》まらず、真実を知りたいと願うのならな」釣場は腰を浮かせ、近くの本の山から、箱入りの分厚い本をまとめて持ちあげた。それらをテーブルの上に載せ、またソファに身をうずめる。

　本は筑摩書房の『太宰治全集』だった。一巻と九巻、十巻を箱からとりだし、それぞれを開いて置いた。ページを繰って探したようすはない。どこにどの短編が収録されているか、釣場はすべて網羅しているようだ。

開かれたのはいずれも作品の最初のページだった。一巻の『學生群』、九巻の『苦悩の年鑑』、十巻の『人間失格』。

釣場が質問してきた。「これらの作品から連想されるのは？」

「昭和四年十二月十日、太宰の最初の自殺未遂について、自己言及した三作です」

「なんだ、よく知っとるじゃないか。厳密にいえば最初ではないがな。その一か月ほど前、郊外の原っぱで町の娘とカルモチンを大量摂取し、心中を図ったともいわれとる。ちゃんと記録に残っとるという意味では、十二月のほうが最初になるが」

カルモチンとは鎮静催眠薬、ブロムワレリル尿素の商標名だ。アメリカでは販売禁止。日本でも習慣性医薬品で劇薬とされている。かねて過量服薬や乱用の危険性が指摘され、自殺にも用いられてきた。

釣場がいった。「太宰は青森中学校在学時代から、ちょっとした厄介ごとがあるたび、死にたくなったと口にした。友人にも自殺について語ったりした。高校になるとさらに自殺願望が顕著になった」

「芥川の影響でしょう」李奈は自分の考えを述べた。「十七歳の太宰は青森で芥川の講演をきき、熱狂的に崇拝するまでになっていました。ところが翌々月に芥川が服毒自殺。ショックだったでしょう」

「ああ。太宰の本名は津島修治《つしましゅうじ》。津軽《つがる》の名家、津島家のご子息だった。将来を嘱望されながらも、本人は文学を志向しておったが、芥川の自殺を機に作家になろうと決心した」

太宰は芥川の生きざまを模倣するほど心酔していた。芥川が常用していた睡眠薬にも手をだした。

二学期末試験を目前に控えた夜、太宰はカルモチンを大量に摂取し、昏睡《こんすい》状態におちいった。駆けつけた医師により一命をとりとめ、翌日の夕方近くになり意識を取り戻した。神経衰弱による睡眠薬の飲み過ぎと学校には報告されている。

李奈は全集を手にとった。『學生群』や『苦悩の年鑑』で太宰は、当時の自身がブルジョア階級ながら、マルクス主義やプロレタリア文学に傾倒し、思想的に板挟みになっていて、それが自殺の理由だったように書いていますが……」

「『苦悩の年鑑』で当時を振りかえった太宰は、思想自体を小馬鹿にしとる。しかしおそらくは、最初の自殺未遂を起こした時点で、そんなに思想にのめりこんではいなかったんだろう。弘前《ひろさき》高校に通いながらも、週末には花街で遊興に耽《ふけ》っとったし、とっくに芸妓《げいぎ》の小山初代と仲を深めていたのだからな」

初代にしてみれば、大地主の息子である太宰との結婚は、まぎれもない玉《たま》の輿《こし》だった。よって太宰との交際にも積極的になっていた。太宰もほかの客にとられるより前に、初代と結ばれたいと考えた。しかし実家は太宰の出世を期待していた。李奈は苦笑した。「板挟みといえばそっちでしょうか。入学当初は成績優秀だったのに、遊びにうつつを抜かすうちに、いつしか落第の危機に直面していたんですよね。芸妓との交際や、結婚したがっていることも、実家には知られたくないと悩んだはずですし」

「そうとも。だがそれだけで自殺したくなるものかな。もっとも、以後の自殺未遂もすべて、動機がはっきりしないという点では共通しとるが」

　翌年の春、太宰は無事に高校を卒業し、東京帝国大学に入学を果たす。以降は左翼思想へのアピールが強まる。六月には兄のひとり、圭治《けいじ》が病死してしまう。圭治は太宰と実家の橋渡しをしてくれていた。初代との結婚を前に、実家からの理解を得る手段を失った太宰は、ひどく困惑したとされる。

　やがて代わりに長兄の文治《ぶんじ》が上京してきた。初代と別れて学業に専念しろと、文治は太宰にいった。太宰が了承しなかったため、やむをえず文治は分家除籍を提案した。芸妓と駆け落ちしただけでなく、いまや左翼活動家となった太宰が逮捕されれば、文治や実家が迷惑をこうむるというのが、分家除籍の理由だった。

　家系から追いだされる代償に、多額の現金と結納の品が贈られたものの、太宰は孤独感に打ちひしがれた。しかもそのころ婚約者の初代からは、手紙さえほとんどなかった。太宰はヤケ酒に浸りきった。

「さて」釣場は全集の二巻を開いた。「次はこの『葉』と『道化の華』、『虚構の春』に『狂言の神』……」

李奈は五巻を箱からとりだした。「失礼します。『東京八景』はこの巻ですよね」

「よく知っとるな。そう。田部《たなべ》あつみとの心中に触れているのは、これらの作品だ」

最初の自殺未遂からほぼ一年後。太宰は銀座のカフェで田部あつみという女性と出会い、互いに惹《ひ》かれあっていく。

田部あつみは、本名をシメ子《こ》といった。けれどもその名を嫌ったらしく、早いうちからあつみと名乗っていた。広島市立第一高等女学校を中退後、しばらくは地元で働いたが、やがて同棲《どうせい》相手と一緒に上京してきた。新劇俳優をめざす同棲相手を支えるため、あつみはカフェで働いていたのだが、太宰との仲を深めてしまった。

そのうちあつみは、広島に帰ろうとする同棲相手と口論になった。昭和五年十一月二十六日、太宰とあつみは浅草で遊んだのち、ふたりきりで帝国ホテルに泊まった。あつ翌々日、鎌倉《かまくら》の海岸でふたりは心中を図る。またもカルモチンを服用していた。あつみだけが死亡し、太宰は生き残った。

李奈はすなおな感想を口にした。「辛《つら》かったでしょうね……」

「だろうな」釣場は人差し指を老眼鏡の下に差しいれ、軽く目をこすった。顔から少し離れたレンズが、眼球を異様なほど拡大させる。釣場がいった。「殺人や自殺幇助《ほうじょ》も疑われたが、実家が各方面に働きかけ、心中と認められ起訴猶予になった。しかしそれで終わりとはならなかった。婚約者の初代は心中を知るや、当然ながら烈火のごとく激怒した」

長兄の文治は、ことを丸くおさめるため、ふたりの結婚を急がせた。昭和十年の末、初代と結ばれたものの、太宰のなかに幸せはなかった。

『葉』から『道化の華』、『虚構の春』、『狂言の神』、『東京八景』そして『人間失格』。田部あつみを失った太宰の心の傷は、作品のなかに繰りかえし綴《つづ》られている。哀しみは癒《い》えず、長く果てしなく尾を引いた。

釣場は二巻と五巻を引き寄せた。「次の自殺未遂は、初代と結婚式を挙げる九か月ほど前だった。『狂言の神』と『東京八景』にも触れられているが、詳細はわからん。三、四日ほど失踪《しっそう》したのち帰宅したらしい。首を吊《つ》った痕《あと》があったとか」

『狂言の神』には〝新聞社の就職試験に落第〟とある。『東京八景』でも、それが自殺の動機だったとほのめかしている。経緯はノンフィクションではない。現実の太宰は大学の留年を重ね、なかなか卒業できず、実家からの仕送りが打ち切られてしまうのではと恐れていた。

　李奈はいった。「これはわたしの考えですが、この当時の太宰は心が不安定になり、執筆に集中できずにいたんじゃないかと……。以前の作品に新たな思いを重ねて再構築する手法は『葉』に始まり、『道化の華』で頂点を極めましたが、その後は殻から抜けだせなくなった感があります」

「いかにも文学研究的な見方だな。スランプからいっそう命を絶ちたくなったと？　たしかに芥川賞を獲《と》りたくて焦りだしたのには、そんな背景があったかもしれん」

　太宰は虫垂炎となり、激しい腹痛に見舞われた。東京武蔵野病院の医師は、鎮痛剤としてパビナールを処方する。パビナールはオキシコドン、すなわちアヘンに含まれるアルカロイドのテバインから精製される、半合成麻薬だった。太宰はパビナール依存へと堕《お》ちていく。

　そんななか第一回芥川賞候補となり、太宰は受賞を切望するが、結局落選してしまう。被害者意識が強まった太宰は、幻覚や妄想にとらわれだした。第二回芥川賞の上半期選考で、また候補になるものの、二・二六事件の影響で審査中止。第三回でも受賞に至らなかった。

パビナール購入のための借金も膨れあがっていった。薬物中毒の太宰に初代は手を焼き、太宰の実家に相談した。実家は井伏鱒二《いぶせますじ》に太宰の説得を頼んだ。井伏は太宰を入院させた。病院でも自殺未遂を起こしたとされる。

禁断症状が収まり、一か月後に退院となった。だが太宰は自分の入院中、初代が浮《う》気《わき》していたことを知る。それ以前から夫婦仲が悪く、入院も初代による陰謀を疑う太宰は、妻の不貞に強烈な打撃を受けた。すっかり食欲がなくなり、憔悴《しょうすい》しきったありさまだったという。

李奈は全集三巻のページを繰った。「五回目の自殺未遂は『姥捨』という作品に書かれていますよね」

『姥捨』には嘉七《かしち》なる主人公と、かず枝《え》という妻が登場する。かず枝は浮気を認め、死んで償いたいという。嘉七は妻をひとりで死なせられないとし、夫婦ふたりで心中を決意する。夜中に温泉宿をでて睡眠薬を服用し、斜面に横たわった。意識を失ったのち首吊《つ》り状態になるよう、帯を首に巻いておいた。ところがふたりとも死なかった。

あらすじだけなら暗い話に思えるが、実際には太宰ならではのユーモラスな表現に満ち、人間賛歌といえるほどの楽しさがある。うつに対する躁《そう》状態なのだろうか。どんなときでも喜劇役者になってしまう太宰の哀しみも見え隠れする、そんな気がしてならない。

李奈は本から顔をあげた。「嘉七が太宰、かず枝が初代といわれてますよね。昭和十二年三月二十五日、谷川《たにがわ》温泉で実際に、太宰と初代は心中未遂を起こしていますから」

釣場がきいた。「そのときの太宰の心情は？　どう思うかね？」

「とてもせつないです。奥さんを愛するがゆえに身を退く決意が、この『姥捨』にも切実に綴られてますし」

すると釣場はなぜか落胆に似た表情を浮かべた。「そうか。きみはテクスト論といいながら、完全な作家論で小説を読んどるんだな」

「……どういう意味ですか」

釣場はよろよろと立ちあがった。おぼつかない足どりながら、本の山の隙間を器用にすり抜ける。引き出しを開け閉めする音がした。ふたたび戻ってきた釣場は、一枚の名刺を手にしていた。「いよいよ太宰が命を絶つことになる、山崎富栄との心中についてだがね。私よりも、この人に話をきくといい」

受けとった名刺には岩波書店編集部、楠瀬正三《くすのせしょうぞう》とあった。李奈はきいた。「このかたは？」

「きみみたいな太宰ファンの目を覚ましてくれる男だよ」釣場の皺《しわ》だらけの顔に、どこか悪戯《いたずら》っぽく感じられる笑いが浮かんだ。「今後も太宰の愛読者でいたいのなら、会うのをよしたほうがいい。でも真実を知りたいんであれば、迷わず電話することだ」

13

午後二時をまわっていた。李奈は中央線の下り電車に乗り立川をめざしていた。車内でまた新潮文庫の『グッド・バイ』を開く。

この本に載っている作品はすべて戦後に執筆された。太宰の中期は安定感のある、わりと平穏な作風がつづいたが、後期では前期と同様の反抗心が顕著になっている。奥野健男《おくのたけお》による巻末解説によれば〝激しい疾風怒濤《どとう》の時代であり、太宰文学の声価を決定したすぐれた作品を次々に産み出した充実の時期であり、また無頼派の旗手として、華々しい流行作家の時期でもあった〟。

終戦にともなう絶望をすなおに表現した太宰を、当時の青少年らは唯一信頼の置ける先輩とみなしたという。いまも読み手の心を代弁してくれるかのような、太宰の秀逸な語り口に魅了される。

なぜか釣場はどこか冷笑的な態度をとった。太宰ファンの目を覚ますという、楠瀬なる編集者を紹介してきた。李奈が太宰ファンの典型で、近視眼的になっているがゆえに、真実をとらえていないといわんばかりだった。その先にはどんな主張が潜んでいるのだろう。楠瀬にメールは送っておいた。しばらくは返事まちになる。

立川駅で小松由紀とまちあわせ、ふたりで柊日和麗のアパートへと歩いた。駅周辺は都会の様相を呈するが、少し離れれば素朴な住宅街がひろがっている。センターラインも歩道もない道路を、ただ延々と歩いていく。コンビニ一軒すら見かけない。わりと古めの家屋ばかりが建ち並ぶ一帯だった。

三月でももう陽が傾きつつある。ようやくくだんのアパートに着いた。木造二階建てでオートロックなし。李奈が住んでいた阿佐谷の三好《みよし》アパートを思い起こさせる。

由紀がスマホで管理会社の男性社員を呼んでくれた。社員が103号室の鍵《かぎ》を開けた。留守宅に足を踏みいれるのには恐縮する。しかし綺麗《きれい》に片付いた部屋は、ずっと無人だったとは思えない。穏やかで落ち着いた印象に満ちている。

靴脱ぎ場がダイニングキッチンに直結していた。奥にもうひと間あって、仕事場兼寝室になっている。質素な家具と物の少なさ。いかにも男性の部屋だが、間取りと使い方は李奈がいたアパートにそっくりだ。一階を選んだのも安さが理由だろう。自然に親近感をおぼえる。

李奈は由紀や管理会社の男性とともに、奥の部屋へと進んだ。机のわきに大きな本棚。書籍がぎっしり詰まっている。文芸書がほとんどだが、机から手が届く段には、なぜか釣りや山登りのムック本が並ぶ。小説家に必携とされる『比喩表現辞典』など、文章表現の参考になる本が数冊、最も遠いところに追いやられている。

由紀がいった。「わたしもそこが気になりました。執筆に役立つはずの本が、手にとりにくいところに収めてあるのは、なんとなく不自然ですよね」

「いえ」李奈は思わず微笑した。「そうでもありません。わたしの部屋もこんなふうです。最初は机のすぐ近くに、これらの本があったはずです」

「へえ……。でもなぜこんなふうになったんですか」

「『比喩表現辞典』は参照するうち、ほぼすべての文章表現が、何々の〝ように〟か〝ような〟だと気づきます。ほかにはせいぜい〝ごとき〟〝ごとし〟があるだけです。それらの反復になってしまうので、あまり小説には使えません」

「ほかの文章表現に関する辞典は？　使えませんか」

「もちろん役に立ちますけど、自分が書きたい表現を、分類から探すのがとても難しいんです。しっくりくる項目もなかなかありません。感情表現にしても、喜怒哀楽の分類はありますが、たとえば〝喜ぶ〟は〝何々のように喜んだ〟ばかりで、〝喜ぶ〟という意味の別の単語がなくて。せいぜい〝嬉《うれ》しい〟ぐらいですか」

「あー」由紀も表情を和ませた。「編集をやっていても、そこは気になります。日本語は負の表現のほうが、類語のバリエーションも多いですよね。正の表現は同じ単語の繰りかえしで陳腐になりがちです。新人賞に応募してくる、若い女の子の小説は〝可愛い〟が多用されてて」

「しょうがないですよね。〝可愛い〟はほかにあまり言いようがないし。そういうわけで、最初は手近なところにあったこれらの本が、だんだん書棚の隅に追いやられていったんです」

「でも代わりに無関係のムック本を置きますか？　釣りも山登りも、柊の書く小説の題材にはほど遠いんですよ」

「当初は文章表現の辞典を遠ざけたのち、机に近い棚には文芸書を収めたはずです。でもそれもだんだん手にとらなくなります。執筆のパートナーになるのは、じつは文芸と無縁で創作の資料にもなりえない、無関係の本だと気づくからです」

由紀が目を丸くした。「関係のないムック本が執筆のパートナーに？」

「ええ」李奈はうなずいた。「表現が行き詰まったとき、趣味の本に目を通して気持ちを切り替え、数分のちに原稿に向き直ると、客観的に読めるんです。すらすらと先が思い浮かんだりします」

「なるほど。書いた原稿をいったん忘れられるからですね」

「そうです。ゲラ直しにしても、自分が書いたときの記憶が消えるぐらい、日数を置いて取りかかったほうが、第三者に近い脳の状態でおこなえますよね。いわゆる原稿を〝冷やす〟ことに、無関係の趣味の本が重宝するんです。わずか数分でそれなりに冷やせます」

「へえ」由紀が感心したようにうなずいた。「小説家ならではの感覚ですね。杉浦さんに相談してよかった」

「まだなんの役にも立っていませんよ」そういいながら李奈は部屋を見まわした。アウトドアグッズは見あたらない。作家業が成功して余裕ができたら、釣りや山登りに興じたい、それが柊の望みなのだろう。妄想を得意とするがゆえ、なかなか趣味を実行できないのも、小説家あるあるだった。

生活環境が李奈に似通っている。作家ならではの共感性に満ちた部屋といえる。いっそう柊日和麗が身近に感じられてくる。李奈が男性に生まれていたら、きっと彼のような日々を送ったにちがいない。

　そんなふうに思ううち、また柊の安否が気になってきた。無事を願わずにはいられない。まるで身内のように心配になる。この胸騒ぎはなんなのか。自分自身の問題、いや失いたくない人に向ける情愛だろうか。

　否定はできなかった。志を同じくする四つ年上の男性。落ち着いた喋《しゃべ》り方に冷静な態度。ごく控えめにしめされるやさしさ。李奈を見つめる穏やかで涼しいまなざし。

　ふいに由紀が呼んだ。「杉浦さん」

　李奈はびくっとした。「は、はい」

「……どうかしましたか」

「いえ……」李奈は顔が火照《ほて》るのを感じた。「なんでもありません」

「前にも見たんですが、パソコンの電源が入ります。パスワード制限はされていません。ご覧になりますか？」

「いいんですか？」

　管理会社の男性がいった。「この物件では、お住まいのかたが長いこと理由不明で不在の場合、立ち入ったうえで情報ツールを確認させていただく契約になっています」

すでにいちど調べられているのなら、いまさら李奈が遠慮したところで始まらない。李奈は同意した。「見てみましょう」

由紀がパソコンの電源ボタンを押した。「とはいえ柊はSNSもやっていないので、インターネットのアクセスログからは、なんの情報も得られませんでした」

「書きかけの原稿はなかったんですか」

「それらしきファイルはまったく……。プロットやアイディアメモの類《たぐ》いも見つかりません。やむをえないことです。柊はいきなり原稿に取りかかるタイプでしたから」

「編集部の出版会議に、事前にプロットの提出が求められたりしないんですか?」

「KADOKAWAさんみたいな大手なら、それが段取りかもしれませんけど、うちみたいな零細は……。発売時期の口約束だけで、あとは著者まかせです」

「大御所みたいなあつかいですね。うらやましい」

「とんでもない。編集長の田野瀬が完成原稿しか読まないというだけです。それで気に入らなければあっさりボツにします。でも柊がきちんと原稿を書き上げることには、いちおう信頼を置いていたようです。本屋大賞ノミネート後の第一作でもあるし、編集部でもみんな期待していたんですが……」

わきに置かれたプリンターもリンクしているらしく、パソコンが立ちあがるとともに始動し、モーターが小さく唸《うな》った。パソコンのモニターにOSが表示される。アイコンはごく少ない。柊の几帳面《きちょうめん》な性格の表れに思えた。李奈はマウスに手を伸ばした。

「よろしいですか」

「ええ。どうぞ」

マウスを滑らせてはクリックし、HDD内のファイルをたしかめる。いちど調査済みのパソコンだけに、やはりめぼしいものは見つからない。新規の原稿はなかった。ただし既刊の小説の原稿は残っていた。目を通してみると、発売された柊日和麗の長編のとおりで、文章表現も細部まで変わらない。ゲラ段階の校正でも、修正はほとんどなかったのだろう。執筆時に小説として完成されていた。柊の執筆能力の高さがうかがえる。

李奈はふと浮かんだ考えを口にした。「柊さんがSNSをやっていなくても、鷹揚社さんの公式ツイッターはありますよね？　そこで柊さんの行方について、広くたずねてみてはどうですか」

「それが」由紀が憂いのいろを濃くした。「田野瀬にも相談したんですが、アガサ・クリスティーの失踪《しっそう》みたいに、売名行為にみなされてしまうというんです。たしかに柊には小説家として、真っ当な評価を得てほしいですし、変ないろがつくのは好ましくなくて……」

鬼編集長の危惧《きぐ》は的外れとまではいえない。三十七歳のアガサは、夫の浮気に心を痛め、失踪騒ぎを起こしている。のべ千五百人前後もの捜査員が投入され、新聞各紙が大々的にとりあげるほどの一大事だった。十一日後に発見されたアガサは記憶喪失を主張した。マスコミは彼女の放浪について、売名だ狂言だときめつけ、こぞって袋叩《だた》きにした。

同年『アクロイド殺し』を刊行し、アガサはすでに人気作家になっていたが、この騒動でさらに有名になった。事実として本の売れ行きも飛躍的に伸びた。いまでも売名説は消えたわけではない。むろん柊日和麗は、アガサの三十七歳時点ほど有名ではない。けれどもそれゆえに、失踪を売名と揶揄《やゆ》されたら、今後の作家人生が闇に閉ざされる恐れがある。

李奈はブラウザを開いた。ブックマークは検索サイトや書籍通販サイトばかりだった。しかしそんななかに、グーグルマップのロケーション履歴のページがあった。開こうとしたが、グーグルアカウントとパスワードの入力画面が表示されるのみだった。

「小松さん」李奈は由紀にきいた。「柊さんのスマホはアンドロイドですか」

「たしかそうです。型落ちを安く買ったといってました」

「本人が持ち歩いてるんでしょうか」

「ええ。部屋にはないのでおそらく……。行方不明者届をだせば、携帯キャリア会社に位置情報の提供を求められそうですよね」

「それよりもパソコンにロケーション履歴がブックマークしてあります。スマホの移動が分刻みで、こと細かに記録される機能です」

「ほんとに?」由紀が身を乗りだした。「じゃあこれさえ観られれば……」

「ええ。何日の何時何分どこにいて、どこへ行ったか、全旅程がわかります。交通手段までも解析されるんです。むろん現在地も判明するでしょう。アカウントとパスワード、なんとかなりませんか」

由紀の眉間《みけん》に皺《しわ》が寄った。「それらしきものは見たおぼえがないかと……」

ふたりで机まわりを探したうえ、パソコンのデータも片っ端からチェックしていった。ただしメールサーバーなど、いくつか開けないファイルもあった。グーグルアカウントもパスワードも、ヒントすら判明しなかった。

困惑顔の由紀がきいた。「行方不明者届をだせば、グーグルが教えてくれるでしょうか」

李奈は首を横に振った。「前にミステリを書いてたときに調べたんですけど……。たしか裁判所命令がないと開示されないはずです。それもグーグルは外資系だから、日本の裁判所が命じたからといって、ただちにしたがってくれる保証もないとか」

それらしき情報を求め検索してみる。李奈はグーグルの検索窓に〝グーグルアカウント　パスワード　知る方法〟と入力した。だがユーザー名の復元だとか、他人にはどうにもならないことしか表示されない。

やがてヤフー知恵袋の質問と回答に行き当たった。行方不明になった身内の手がかりを得たいので、グーグルアカウントとパスワードを知りたい、そんな質問だった。回答によれば、グーグルはごく稀《まれ》にだが、裁判所命令がなくても情報開示に応じてくれるという。警察への行方不明者届はもちろんのこと、家族からの訴えと、職場からの要請が揃えば検討してくれるらしい。

由紀が頭を掻《か》きむしった。「職場からの要請って。柊は作家でフリーランスだから……。彼はアルバイトもしていなかったんですよ」

管理会社の社員がつぶやいた。「ここの家賃、これでもまあまあ高いんですけどね。都内だし、立川は最近人気なんで。バイトもなさらずによく払えてますね」

無名のフリーランスを嫌がる大家は多い。作家業などでは収入が足りないのではと探りをいれてきている。余計な詮索《せんさく》だった。李奈は由紀にきいた。「〝職場からの要請〟が気になりますか?」

「ええ。自営業者はどうすればいいんでしょう」

「だいじょうぶですよ」李奈の心は躍った。「前にKADOKAWAの法務部の人がいってました。こういう場合、たったひとりで働くフリーランスなら、主要取引先が職場代わりにみなされるって」

「それはつまり……。うちの会社から要請すれば、グーグルを説得できるかもしれないってことですか」由紀は目を輝かせたものの、ふとなにか気づいたように、暗く沈んだ面持ちに転じた。「でも……」

その表情を見るうち、李奈の胸中にも暗雲が垂れこめだした。鬼編集長の田野瀬から同意をとりつけねばならない。

14

太宰について楠瀬なる編集者から返信はなく、扇田刑事から特に連絡もなかった。気になることばかりだが、李奈は由紀とともに中央線の上り電車に乗り、ふたたび都心をめざした。鷹揚社を訪ねなくてはならない。

車窓は黄昏《たそがれ》どきに変わり、ほどなく暗くなった。この季節の日没は早い。とはいえ鷹揚社への訪問は、そもそも退社時刻を過ぎてからという約束だった。午後五時をまわっても、鬼編集長の田野瀬は残業しているらしい。上司が居残るなら、帰れずにいる社員も多いだろう。とりあえず田野瀬と編集者数名に話をきければ御の字だ。

中野《なかの》駅で総武《そうぶ》線に乗り換え、電車に揺られること十分。千駄《せんだ》ケ谷《が》駅で降りると、真っ暗のはずの夜空が、地上の光にうっすら照らしだされている。国立競技場のわきを抜けた外苑西《がいえんにし》通り沿い、いくつかの会社が入ったビルの四階と五階が鷹揚社だった。

ふたつのフロアを占有しているだけに、編集部だけしか存在しない小規模出版社とは趣を異にする。四階にはちゃんと受付があり、書籍と雑誌で編集部も分かれていた。倉庫もこの階に存在した。案内板によれば、五階には社長室や重役室、大中小の会議室があるようだ。

照明に煌々《こうこう》と照らしだされた編集部は、学校の職員室ぐらいの広さだった。事務机がぎっしり並ぶさまも、居残りの社員が黙々と働く光景も職員室っぽい。ちがうのは窓の外が夜の闇に覆われていることに尽きる。退社時刻を過ぎても、なお半分ぐらいの机が埋まっていた。

窓際にひとつだけ独立したエグゼクティブデスク、あれが編集長の席にちがいない。李奈もテレビで観たことがある名物鬼編集長、額の禿《は》げあがったいかつい顔の五十代、田野瀬抄造がゲラに朱《あか》ペンを走らせる。

由紀がびくつきながら歩み寄った。「あのう……。編集長。ただいま戻りました」

「あ?」田野瀬が顔をあげた。最初から鬱陶《うっとう》しげな態度をしめすとは、理解ある上司とは思えない。しかし李奈を一瞥《いちべつ》するや、態度はいくらか軟化した。田野瀬は腰を浮かせ、名刺をとりだした。「田野瀬です」

李奈も自作の名刺を手渡した。「杉浦です」

もっと売れている小説家なら、編集長も愛想よくしてくれたかもしれない。李奈相手にはそこそこの社交辞令に留《とど》まった。田野瀬はまた椅子に座った。「新しい作家を連れてくるのもいいが、大事なのは売れる小説を書けるかどうかだからな、小松。今後とも努力するように」

会話はそれっきりで途絶えた。田野瀬はゲラ直しを再開している。李奈と由紀は困惑顔を見合わせた。まるで編集者が作家を編集長に紹介した、それだけのやりとりに思える。

由紀がおずおずと田野瀬にいった。「すみません。杉浦さんがおいでになったのは、今後うちで書いていただくためではなくて、メールでもご連絡したとおり……」

「ああ」田野瀬がじれったそうに応じた。「そうだったな。柊日和麗がいなくなったのを捜してくれるとか」

「……というより、杉浦さんに協力をお願いしたところ、貴重な助言をいただきまして」

「どんな助言だ？」たずねておきながら田野瀬は一方的につづけた。「警察に捜索願をだすかどうかなら、柊の実家が勝手にやればいい。本名は坪倉だったな？　職業は自営業とし、小説家だとはいわせるな。売名のヤラセにうちが加担してると思われちゃ迷惑だ」

由紀は口をつぐんだ。弱りきったまなざしが李奈に向けられる。李奈も戸惑わざるをえなかった。こんなに頑固に突っぱねられたのでは、なにひとつ提言できない。柊日和麗の失踪《しっそう》についても、たんなる売名行為ときめつけているかのようだ。

李奈は田野瀬に話しかけた。「あのぅ。わたしの考えでは……」

「杉浦さんはどこの出版社で書いてる？」

「ええと、ＫＡＤＯＫＡＷＡさんとか……」

「報道系の出版物がない会社だな。ほかには？」

「講談社さんや新潮社さんとはおつきあいがあります」

「ほう」田野瀬が鋭い視線を向けてきた。「じゃそっちのほうで、柊日和麗の記事を載せられないか」

「え……？　失踪についてですか」

「馬鹿いっちゃいかん。他社の媒体が報じようが、名もない小説家の失踪なんざ、売名行為だと嘲笑《ちょうしょう》されるだけだろうが。アガサ・クリスティーでさえ……」

「はい、それは小松さんからうかがいました。失踪の件でないとなると、どんな報道を……？」

「小説についてのベタ褒め記事が理想だな。十年にひとりの天才現るとか、そういう触れこみだったらありがたい」

「……いちおう書評コーナーの担当者に本を送ってみてはどうでしょうか」

「ちがう！　週刊誌の書評欄なんて、載ったところでたいして影響がない。一般のニュース欄にトピックスとして載るから訴求力が生じる」

「それはつまり……。柊さんになにかニュースバリューがあるんですか。失踪以外に」

「本屋大賞にノミネートされた」

「わたしも同じときにノミネートされましたが、週刊誌に載れるなんて思えませんけど」

「載せるという前提なら、なにかそれらしい記事をでっちあげられるだろ。ああ、わかった。きみにそこまでのコネはないってことだな。なら忘れてくれ」

「……あのう」

「もういい」田野瀬は片手をあげ制した。「こっちとしても柊日和麗にだけ固執してるわけじゃなくてな。うちでだしてる作家なら誰についても、パブリシティの機会はないかとうかがってる。テレビや週刊誌で企画の権限を持つ人と知り合いになったら、ぜひ紹介してくれ」

「パブリシティというと宣伝ですか」

「わかってないな。小松、説明してやれ。いつも俺が口を酸っぱくしていってることだ。うちのモットーはプロモーションではなくパブリシティ」

当惑ぎみの由紀を横目に見ながら、李奈は田野瀬に問いかけた。「お金をかけない宣伝って意味でしょうか」

「そのとおりだ。マスコミに知り合いを増やし、ネタを売りこみ、ニュースというかたちでうまく話題にしてもらう。金なんか一円もかけられん。出版不況だからな、博《ばく》打《ち》を打ちたがるのはただの馬鹿だ。俺はいつも社員にいってる。パブリシティだ。パブリシティ」

編集部が冷やかに静まりかえる。由紀も憔悴《しょうすい》した顔で視線を落としている。たぶん田野瀬はふだんからこんな調子なのだろう。李奈はいった。「田野瀬さん、パブリシティなんて、そう簡単にとれるものではないと思いますが」

「もちろんそうだ。しかしふだんから努力を怠るべきではない。千回のアプローチで一回の成果があればいい」

「ペイド・パブリシティならもっと確実に……」

「いかん！　ペイド・パブリシティなら当然知ってる。裏でこっそり金を払って、いかにもニュースのように報じてもらうやり方だ。俺がいってるのはペイドのつかないパブリシティだ」

「社員さんに精神的負担が増えないでしょうか」

「そうでもない。首尾よくパブリシティをとり、本が売れたときに飲む酒は最高にうまいんだ。編集長の俺自身があちこち動いてるからな。社員も見習わざるをえない。俺にいわせれば健全な営業のあり方だと思う」

李奈のなかで猜疑《さいぎ》心が募りだした。「失踪をパブリシティのネタにしろとおっしゃるんじゃないんですよね？」

田野瀬がいっそう苛立《いらだ》たしげな物言いに転じた。「きみは案外、人の話をきかないタイプだな。さっきからいってるだろう。失踪なんてこざかしい芝居にしか受けとられん。世間から白い目で見られて、かえって逆効果だ」

「でも柊日和麗さんの次回作には期待を寄せてらっしゃるんでしょう？」

「いちおう出版予定をいれてあるからな。印刷所も押さえてるし、初版部数が小さくても、とりやめるわけにはいかん。違約金が発生してしまう。だから原稿はまだかと、しょっちゅう小松をせっついてるんだが」

由紀が泣きそうな顔になった。「柊とは連絡がとれないんです。ご両親を説得して、行方不明者届をだしてもらったうえで、うちからも必要性をうったえれば、グーグルが納得する可能性があります」

「グーグル？」田野瀬がきいた。

李奈は由紀に代わり説明した。「柊さんのパソコンにロケーション履歴のブックマークがありました。グーグルアカウントとパスワードがわかれば、これまで移動した足どりや現在地が判明します」

「なんだ。グーグルというからパブリシティかなにかだと思うじゃないか」

「先方の求める書式どおりに嘆願書を作成していただければ……」

「嘆願書⁉　社員でもない、ただつきあいのあるだけの作家のために、嘆願書をだせというのか。どうせ純文学病や私小説病をこじらせて、どっかに隠れてるだけだろう。売名を密《ひそ》かに願いながらな」

「失踪が長引いたのでは、こっちから情報を漏らさなくても、どこかの週刊誌が報じるかもしれません。それこそ売名の可能性があるとか、悪しざまな論調の記事になるかも」

「ああ……。それはまずいな。会社の看板に泥を塗ったら、俺が社長に吊《つる》しあげられちまう」田野瀬はおっくうそうに立ちあがった。「わかった。上に相談してみる。ただし小説家が失踪したなんて話は、絶対に表沙汰《ざた》にならないようにしろ。何度でもいうが、売名を疑われるだけだ。陳腐で逆効果だからな」

由紀が深々と頭をさげた。「ありがとうございます」

田野瀬は由紀から目を逸《そ》らし、周りに声を張った。「みんなきけ。いつもいってることだが、売れない本はちり紙ほどの価値もない、ただのゴミだ。ゴミをだす編集者はゴミ社員だ。なんでもいいから売れる本をだせ。それ以外はいらん」

編集部に沈黙がひろがった。田野瀬は演説に満足したらしく、ひとり鼻息荒く立ち去った。

李奈はもやもやした気分に浸った。苦手なタイプの編集長だった。とはいえパブリシティにうるさいぶんだけ、予測される効果についても敏感なようだ。ただ世間に騒がれればいいとは考えていない。売名のためのヤラセとみなされた場合のマイナス面も承知している。そこがまたこざかしい。

近くの机にいた女性編集者が椅子を回した。「小松さん。いつものことだから気にしないで」

由紀が悲嘆に暮れた顔で応じた。「はい……」

女性編集者は李奈に視線を移してきた。やれやれとばかりにため息をつき、女性編集者がささやいた。「小松さんは目の敵にされがちでね。ほかにも何人かの編集者が、いつも槍玉《やりだま》にあげられてるの。本の売り上げが芳しくない、理由はそれだけ。一回ぐらい当ててみろってのが田野瀬さんの口癖」

李奈は小声でいった。「パワハラそのものじゃないですか」

「まあね。辞めていった人も少なくないし。だけど名物編集長でしょ。うちみたいに小さな出版社で、それなりの業績を挙げられているのは、田野瀬さんのおかげなのはまちがいないし」女性編集者が顎《あご》をしゃくった。「あれを見て。小松さんの机にかぎらず、若手の社員はみんなあれを用意してる」

由紀が陰気にささやいた。「ここではストレスで酸欠になりがちなので……」

ひとつの島が若手社員の机の集まりらしい。どの机にも殺虫剤サイズの缶がある。過呼吸を落ち着かせるのに有効な携帯用酸素ボンベだとわかる。見える場所に置くのは、編集長への無言の抗議かもしれない。しかし田野瀬が意に介したようすはない。救命用具まで必要だとは、どれだけ社員に無理を強いる職場なのだろう。

そのとき大柄なスーツが歩み寄ってきた。七三に分けた面長は日に焼けている。首が太いうえに肩幅がある。ラグビーかアメフトの選手がネクタイを締め、記念行事に出席するようないでたちだった。年齢は三十代半ばだろうか。男性は快活な笑顔とともに名刺を差しだした。「初めまして、杉浦李奈さん。兼澤《かねさわ》と申します」

名刺には鷹揚社書籍編集部、文芸の兼澤英司《えいじ》とあった。李奈もおじぎをかえし、名刺交換に応じた。「初めまして……」

「杉浦さん。きょうは別件でいらしたようですが、うちでもぜひ書いてくださいよ。僕が担当になります」

ずいぶん押しが強い印象を放つ。李奈は当惑をおぼえつつ、由紀に目を向けた。執筆の相談は受けていないが、先に知り合ったのは由紀になる。業界の慣例的に、由紀を差し置いてほかの編集者と仕事の相談をするのは、マナー違反にちがいない。しかし由紀は巨漢の兼澤を恐れているのか、ただ身を小さくしてたたずんでいた。周りの机の編集者らも、そそくさと背を向ける。

露骨なジャイアン気質の兼澤を李奈は見つめた。「わたしの作品をお読みですか」

「いや」兼澤は悪びれたようすもなくいった。「でもさっきの会話はきいたよ。本屋大賞にノミネートされたからには優秀なんだろう。見た目も悪くない。きみなら水着にでもなれば、『フライデー』あたりでパブリシティをとれるんじゃないか。女性作家のグラビアなんてめずらしいし」

パワハラに次ぐセクハラに、李奈は顔がひきつりそうになった。だが兼澤の言動を咎《とが》めようとする社員はいない。ジャイアンを怖がるばかりが理由ではないようだ。節操のないパブリシティ信仰が、鷹揚社のモットーとして浸透しきっている。コストをかけない宣伝にやたら固執するあたり、純利益至上主義といえるかもしれない。会社もいろいろだと李奈は思った。

李奈は笑顔に努めた。「兼澤さん、申し出はありがたいんですが、いちおう御社でわたしが最初に知り合ったのは小松さんですし、お仕事させていただくにしても、まず小松さんのご意向をうかがわないと」

「あいにく彼女はまだ経験不足で、きみみたいな新進気鋭の作家と組むのには適してない。柊日和麗みたいな本屋大賞ノミネート作家を担当しておきながら、売り上げがそこそこに留《とど》まってるじゃないか。僕はベストセラーを何冊も手がけてるよ」

「……そうかもしれませんけど、御社でお世話になるかどうか、まだわかりませんので」

「いけないな。フリーランスたる作家が、みずから人脈を狭めようとするなんて。とにかくその気になったら連絡してくれ。きみと仕事ができる日を期待してるよ。一緒にミリオンセラーをめざそう」

兼澤は握手を強制したのち、李奈の肩に手を置き、軽く揉《も》んだ。ぞわっと背筋が寒くなる。歯を見せたまま兼澤は立ち去った。李奈はあきれた気分で見送った。ボディタッチにも遠慮がないとは、まるで昭和だ。

さっきの女性編集者がまた向き直った。「災難ね。兼澤さんって執念深いから気をつけて。いちど食らいついたら離れないから」

変な会社だった。妙に高飛車でもある。みな李奈をド新人あつかいしているらしく、馴《な》れ馴れしくタメ口で話しかけてくる。田野瀬イズムに染まりきっているせいだろうか。ここで働く由紀に同情せざるをえない。

それでもいちおうこの会社を訪ねた甲斐《かい》はあった。李奈は由紀にささやいた。「田野瀬さんもグーグルへの申し立てに協力してくれるみたいだから……」

由紀の疲れきった顔に、かすかな安堵《あんど》のいろが浮かびあがった。「心から感謝してます、杉浦さん。編集長にあんなにはっきりものをいえる者は、社内にはいなくて」

恐怖政治に加え、大学のサークルにも似たヒエラルキー、パワハラにセクハラの横行。柊日和麗はこんなところで本をだしていたのか。行方をくらましたくなるのもわからないではない。

15

陽射しは厚い雲に遮られていた。粉雪がちらつく昼下がり、李奈はまた小学館の近くに足を運んだ。きょうはそこから一本裏の道に入ってすぐ、岩波書店を訪ねた。

静けさの漂う路地に本社が面する立地は、KADOKAWAに似ているが、ここは林立するビルの狭間《はざま》だった。岩波書店の社屋自体も、小学館に負けず劣らず立派で、モダンで豪勢な外観が共通している。正直、新書や『広辞苑《こうじえん》』の印象により、もう少し小ぶりで質実剛健な社屋を思い描いていた。周りを見まわせば小学館と集英社のビルがそびえ立つ。本当に出版不況なのだろうか。

釣場上之助が紹介してくれた楠瀬正三には、案外早く面会が叶《かな》った。年齢は五十代半ばぐらい、ロングコート姿のまま、襟もとにネクタイの結び目がのぞく。楠瀬は李奈を外にいざなった。小学館ビル一階にあるカフェ、ミカフェートのテーブルで李奈は楠瀬と向かい合った。

李奈は店内を眺めた。「小学館の社屋のカフェに入って構わないんですか」

楠瀬がコーヒーをスプーンで掻《か》き混ぜながら、軽く鼻を鳴らした。「うちの会社にはこういう洒落《しゃれ》たもんがなくてね。ガラス張りの向こうは歩道ですよ。誰でも入店できます」

「あの……。釣場さんのお話では、楠瀬さんは太宰ファンの目を覚ましてくれるお方だとか……」

苦笑とともに楠瀬がコーヒーカップを口に運んだ。「あの人は僕にとって大学のOBでね。文学研究会に所属していたころ、釣場さんのスピーチをきいては議論を交わしたもんです」

「議論?」

「あなたは太宰の無理心中について知りたがっているんですよね? 釣場さんによれ

ばずいぶんピュアに、太宰の書いたものを額面どおり受けとっているとか」

「……駄目なんでしょうか」

「そうとばかりはいえません。たとえば太宰の小山初代との心中未遂ですが、『姥捨』の疑惑を知っていますか」

「多少は……。嘉七はかず枝が生きていることを知ったとき、〝あれくらいの分量で、まさか死ぬわけはない〟と思ったと書いてあります。実際、渡した睡眠薬は少なかったらしくて、かず枝は当初〝すくないのねえ。これだけで死ねるの？〟と疑問を呈してます」

「嘉七はそれに対し〝はじめのひとは、それだけで死ねます。私は、しじゅうのんでいるから、おまえの十倍はのまなければいけないのです〟と答えてる。そういいながら〝催眠剤だけでは、なかなか死ねないことを知っていた〟ともある」

「だから兵古帯《へこ》をほどいて首に巻き、縊死《いし》に至ろうとしたんじゃないんですか？」

「〝おれは、かず枝に生き残らせて、そうして卑屈な復讐《ふくしゅう》をとげようとしているのではないか〟とも書いてあるでしょう。〝卑屈な復讐〟というのは、自殺が未遂に終わって、かず枝が不貞の罪をひきずったまま生きつづける、そんな苦しみを背負わせるという意味です。ここに太宰のなかの葛藤《かっとう》が見え隠れします」

「本当は心中する気がなかったとおっしゃるんですか。たしかにそういう説もありますよね」

楠瀬がうなずいた。「太宰の迷いを反映するように、嘉七の心理描写も曖昧《あいまい》なんです。初代と離婚したいがための偽装心中で、太宰に死ぬ気はなかったのだろうとも考えられます」

「でも狂言にしては危険なやり方ですよね？」

「僕らが大学生だったとき、研究会で独自に調べたんですけどね。昭和十二年三月二十五日、谷川温泉の夜間の気温は氷点下でした。宿帳の隅に記録が残ってたんです。医師に問い合わせたところ、睡眠薬で眠ったら凍死は確実だといわれた」

「心中そのものがなかった……？　でも東京に戻ってからは『姥捨』の結末どおり、太宰と初代は離婚してますよね」

「初代はただ谷川温泉に連れて行かれ、帰ったのちに離婚協議が始まっただけです。太宰が心中するつもりだったかどうかさえ、初代は知らなかったと思います。でなきゃ離婚をめぐって、もっと揉めたでしょうから」

それも憶測にすぎないだろう。李奈はささやいた。「離婚に前後して、太宰が失意のどん底にいたのは事実でしょう……」

太宰君の生涯の中で最もデカダンスな生活、井伏鱒二はそう書いている。デカダンスとは非社会的で倦怠《けんたい》に溺《おぼ》れた生活、病的で背徳的な暮らしぶり。太宰はすっかり自暴自棄になっていた。

しかもそのころ、太宰の兄である文治が選挙違反に問われ、公職から事実上追放されてしまった。実家は経済的危機に瀕《ひん》した。仕送りに頼ってきた太宰は一気に困窮する羽目になった。

不幸はそれだけに留《とど》まらなかった。太宰の姉が病死し、甥《おい》も自殺した。自力で立ち直れないと感じた太宰は、石原美知子《いしはらみちこ》という女性との縁談話に乗る。美知子はやはり良家の才女で、歴史と地理の教師を務めていた。彼女をモデルにした登場人物が、太宰の複数の作品に登場する。『女神』、『親友交歓』、『薄明』、『家庭の幸福』、『父』、『春の盗賊』、『美男子と煙草』。『十二月八日』は美知子に基づく女性の一人称だった。

井伏鱒二はふたりの結婚の将来を案じたものの、太宰からの誓約書を受け、後見人として力を貸す。誓約書には〝ふたたび私が破婚を繰り返したときには、私を完全な狂人として捨ててください〟とまで書いてあった。

結婚後はそれなりに落ち着いた生活を送っていた。この時期に太宰が発表した作品は、美知子の手による口述筆記と浄書を経ている。太宰の作家活動は、美知子の貢献あってのものだった。にもかかわらず昭和十六年、真珠湾《しんじゅわん》攻撃が起きたその年、太宰はまたしても女性問題を引き起こす。

浮気相手は九州の大名の家系で、医師の四女でもあった太田《おおた》静子《しずこ》。太宰の子を身籠《みご》もる一方、静子は自身の日記を太宰に貸し与えた。小説の資料にしたいと望まれたからだった。太宰は日記をもとに『斜陽』を執筆したが、その最中に美容師の山崎富栄と出会う。

李奈はいった。「富栄と知り合ったのは、ふとした偶然にすぎなかったようです。でも富栄はたちまち太宰に恋してしまったとか。太田静子のときと同じですよね。富栄も静子と同じく、太宰との生活を日記に綴《つづ》ってます」

楠瀬がコーヒーをすすった。「『斜陽』と同様に、太宰が小説のネタにするため、富栄に書かせたって説もありますよ。きみみたいな太宰ファンには、アンチの戯言《ざれごと》に思えるでしょうが」

「そんなに筋金入りのファンというわけでは……。太宰の小説が好きなだけです」

「釣場さんからもそうきいてます。でも太宰のだらしなさは、あなたも理解してるでしょう。太宰は身体を悪くし、結核で吐血することもあったが、富栄はかいがいしく看病した。それも自分の貯金を切り崩してまで支えた。編集者の選別や対応も富栄の役割でした。愛人兼秘書ですよ。太宰は既婚者でありながら……」

「その立場に甘んじていたんですよね。それはたしかに……。尊敬できる人柄というわけでは……」

「女性にとっては不快じゃないですか？　それだけの恩恵を受けながら、当の太宰は自身について〝人を愛する能力においては欠けているところがある〟といっている。河盛好蔵《かわもりよしぞう》は『太宰治研究』に寄稿し〝人一倍愛情に飢えながら、人から与えられる愛情をすぐに重荷に感じて、よろめくところがあった〟と書きました」

太田静子の妊娠を知った太宰は動揺したが、出産後は自分の子だと認知した。激怒する富栄に対し、太宰は死ぬまで富栄と一緒にいるからとなだめた。富栄は静子に子供の養育費を送る役目になった。正妻の美知子を含め、太宰を取り巻く女性たちは、いったいどんな思いでいたのだろう。奉仕するばかりで、誰ひとり報われていないのに、みな太宰と別れようとしなかった。

太宰自身も〝病気になった上に、女の問題がいろいろからみ合い、文字通り半死半生の現状〟と書いている。罪の意識があったことは複数の作品から読みとれる。結核が悪化する一方、太宰は押しも押されもせぬ流行作家になっていた。富栄からビタミン剤と鎮痛剤の注射を受けつつも、深酒はやめられず、ひたすら命がけの執筆がつづいた。

無頼派で読者からの人気も高い太宰は、当時の文壇から敬遠された。太宰は文芸界でも孤独になりつつあった。重鎮である志賀直哉《しがなおや》の批判に真っ向から反論したため、恩人である井伏鱒二との関係も悪化してしまった。原稿料や印税を飲み食いに費やし、いつも文無しのため、税金の支払いが滞った。別居状態の美知子のもとに税務署から催促が来ても、彼女には太宰の金銭状態がまるで把握できていなかった。

昭和二十三年六月二日、国税局の職員が美知子と会っている。美知子がなにを話したかさだかではない。太宰が税金未納についての弁解を下書きした、あの手帳が思い浮かぶ。それからわずか十一日後、太宰と富栄はこの世を去る。

李奈はテーブルのコーヒーカップに視線を落とした。「心中の二日前、太宰は筑摩書房の古田晁《ふるたあきら》社長宅を訪ねたんですよね。でも古田は太宰の療養のため、物資を調達しようと駆けずりまわっていた。そのことを知らない太宰は、古田の留守に肩を落とし立ち去った。そして翌々日……」

楠瀬が顔をしかめた。「あなたはやはり太宰ファンだね。いかにも女性的視点であり、小説家の視点でもある。古田はたしかに太宰のために物資調達中で、その留守宅を太宰が訪ねた、事実はそれだけだよ。なのにドラマチックな解釈を付け足して、太宰を悲劇の主人公にしてしまったんですから」

「悲劇は悲劇だと思います。ふたりは命を絶ってしまったんですから」

富栄は前もって実家の菩提寺《ぼだいじ》と、母校の跡地を訪ねている。ふたりの連名による遺書からも、ともに死ぬことで一致していたのがわかる。

十三日深夜、太宰と富栄は近所の玉川上水《たまがわじょうすい》に入水自殺した。翌日、家主が太宰の部屋を覗《のぞ》くと、線香の香りが漂っていた。柳行李《やなぎごうり》に太宰と富栄の写真が並んで貼ってあった。卓上に遺書の数々、静子と富栄の日記、『グッド・バイ』の校正刷りと原稿が置かれていた。借りた物の返品先や、形見分けとして遺品を渡す先を記した紙も見つかった。

楠瀬は淡々とつぶやいた。「翌朝、玉川上水の土手に、滑落の痕《あと》が発見された。ガラスの瓶や小皿、はさみ、化粧袋などが置いてあったとか。新聞は芥川の自殺以来の大騒ぎ。川の流れが速く、遺体はなかなか発見されなかった。でもその五日後、約一キロも下流で、ふたりの水死体が発見された」

ふいに李奈の脳裏に閃光《せんこう》が走った。フラッシュバックする光景がある。玉川上水ならぬ、京都の玉川浄水場。そのわきの土手を降りていった。草むらの果ての水辺、李奈は異臭を嗅《か》いだ。

楠瀬がつづけた。「ふたりは腰を紐《ひも》で結びつけ、しっかりと抱きあった状態だったそうだね。遺体の腐敗が進んでいて……」

ぶよぶよにふやけた岩崎翔吾の遺体を、李奈はまのあたりにした。その光景が生々しく蘇《よみがえ》ってきた。顔じゅうに浮きあがった死斑《しはん》。たるみきった頬筋と、いたるところで破れた皮膚。

李奈は嘔吐《おうと》感をおぼえた。前のめりになり激しく咳《せ》きこんだ。周りのテーブル客らが、なにごとかとこちらに目を向ける。

楠瀬があわてぎみに腰を浮かせた。「ああ……。申しわけありません。配慮すべきでしたね。そうだ、あなたは……。ええ。軽率でした。僕にとっては絵空事にすぎなかったもので」

その口ぶりから察するに、李奈が岩崎翔吾事件の遺体第一発見者だったことを、楠瀬は思いだしたようだ。報道直後なら誰でも知っていたが、いまではみな忘れかけている。心遣いをしめされただけでもありがたい。

「いえ」李奈は滲《にじ》みがちな目を瞬《しばた》かせ、椅子に座り直した。「だいじょうぶです」

「……もうやめておきましょうか」楠瀬が神妙な面持ちで着席した。

「いいんです」李奈はため息まじりにいった。「井伏鱒二は、太宰に死ぬ意思はなかったときめつけて、富栄の絞殺だと主張しましたよね。のちに否定されましたけど」

「当初は富栄の名誉を貶《おとし》める記事ばかりだったそうです」楠瀬の物言いは、さっきよりいくぶん丁寧になっていた。「富栄が直接、太宰を手にかけたわけでないにしても、心中の主導権を彼女が握っていたとする論説も多かった。昨今では反対意見が増えています。富栄が太宰にしめした愛情は本物で、それゆえの心中だったと」

李奈は楠瀬を見つめた。「そこまでお気遣いいただかなくても」

「……どういう意味ですか？」

「本当はそんなふうに思っておられないんでしょう？」李奈は余裕をしめすため、あえて微笑してみせた。「楠瀬さんのすなおなご意見をうかがいたいんですが」

楠瀬はほっとしたようにため息をついた。「まあ、ね。私見では、どうしても醒《さ》めた見方をしてしまうんですよ。それまでの五回の自殺未遂も、本気で死にたがっていたようには思えないので」

「本気じゃなかったんですか……？」

「たとえば昭和十年三月十六日、三日か四日失踪《しっそう》したのち、太宰はぶらりと帰ってきた。鎌倉《かまくら》の山中で首吊《くびつ》りを図り、その痕も認められたとあるものの……。未遂に終わったというより、痕だけつけたんじゃないかと」

「あー。そういう説もありますよね。でも最終的に太宰は、本当に亡くなっているので……」

「そこですよ。結局亡くなってしまったから、それまでの疑惑も不問に付された。しかし玉川上水ですら、太宰は本気で死のうとはしていなかったと、私は考えますね」

「四通もの遺書を書いたのに……?」

楠瀬は斜に座ったまま李奈を一瞥《いちべつ》した。顔いろをうかがうような視線を投げかけてくる。ほどなく楠瀬は微笑した。「釣場さんは私が強弁した記憶から、あなたにもそうすると思ったようです。でも私は人を傷つけたいわけじゃありません。あなたが太宰文学を愛するのなら、それがいちばんですよ」

主張を明確にせず曖昧《あいまい》に留《とど》めたがっている。李奈が取り乱すのを恐れてのことだろう。さっきの条件反射がまずかった。厄介に思われたかもしれない。

李奈は食いさがった。「そうおっしゃらず忌憚《きたん》のない意見を……。けっして狼狽《ろうばい》しないと誓いますから」

楠瀬が苦笑いを浮かべた。「まいったな。ミッキーマウスに人が入っているといいたがる輩《やから》がいたら、あなたも軽蔑《けいべつ》するでしょう。僕が見たところ、あなたは正真正銘の太宰ファンです。否定的意見を述べたくない」

「どんな否定的意見ですか？」

やれやれとばかりで楠瀬がため息をついた。「太宰の遺書とみられる文書に記されたとされる、『グッド・バイ』が現実の話だったという告白が事実かどうか、あなたはそこを気にしているんですよね。僕にいわせれば絶対にありえません。現実の話であるわけがないんです」

「なぜですか」

「僕はいま岩波書店で『世界』という雑誌の編集部にいます。文学からは離れてる。だから太宰について深く語る資格はありません。別の角度からの分析を頼ってみてはどうですか。僕の知り合いの精神科医が、興味深い論文を発表したことがあります」

たらいまわしの様相を呈してきた。李奈は困惑をおぼえた。「どこかの病院を訪ねなきゃならないんでしょうか。たぶん時間をとっていただくのにも苦労しますよね」

「それだけの価値はあります」楠瀬は澄まし顔ながらも、ようやく肩の荷が下りたという態度をのぞかせていた。「僕もおおいに腑《ふ》に落ちたからです。彼なら鋭い見解をしめしてくれるはずですよ。太宰治に関する精神病理学的な見地を」

16

優佳が見つめてきた。「李奈。なんかやつれてない？」

　李奈はふと我にかえった。阿佐谷のマンションにいる。食事どきではないが、ダイニングテーブルに座っていた。きょうは日曜だった。兄の航輝もセーターを着て、一緒にテーブルについている。

　三人でのんびり午後の時間を過ごしていた、そのことを思いだした。李奈は居住まいを正した。「べつに……」

　航輝が顔をのぞきこんできた。「いや。たしかに前より痩《や》せてる。血色もよくない。なにか食べなきゃ駄目だ」

「やめてよ」李奈は苦笑した。「いまは食欲がないし」

「それがよくない。李奈。なんだか太宰治を地でいってないか？　健康を害しちゃ作家として大成できても意味ないぞ」

「大成にはまだほど遠いから心配しないで。っていうかお兄ちゃん、太宰のこと勉強した？」

『人間失格』はやっと最後まで読んだ。巻末解説で太宰の人となりも理解した。そのうえであえていう。クズ男に魅せられるのはよくない。いずれ李奈が作家気取りのヒモに振りまわされるんじゃないかとヒヤヒヤしてる」

「太宰はヒモじゃないよ……。単純なクズ男でもない。もっと奥が深いの」

航輝が大仰にため息をついた。「そういうとこが不安だってんだよ」

優佳が航輝を諫《いさ》めた。「李奈はしっかりしてますよ。あくまで文学好きってだけだから……。でも李奈。食べ物が喉《のど》を通らなくなるほど悩んじゃいけないって。刑事さんからの相談なんか受けなきゃいいのに」

李奈は思いを言葉にした。「わたし自身が事実を知りたくて。遺書が本物だったかどうか、太宰の事情を追えばわかってくるんじゃないかって……」

「『グッド・バイ』が現実の話かどうか？」

「そう。南雲さんの人間関係だとか、遺留品の科学捜査だとか、そっちは警察がやることでしょ。文学研究の分野では、著者の背景を突き詰めることで、真相に迫っていけると思う」

優佳が顔をしかめた。「わたしも太宰の小説は好きだけどさー。正直そこまで入りこめない。わたしたちは作家だよ？　頼まれたからって、そんなに一所懸命になる必要ある?」

　筆跡鑑定家の南雲が命を落としている。灰は白紙を燃やしただけだと判明した。遺書とみられる文書はどこかに消えてしまった。やはりなにがあったか知りたい。夫を亡くした聡美のためにも、真実を浮き彫りにしたい。

　スマホが鳴った。電話がかかってきている。画面には小松由紀の名があった。李奈はスマホを手に腰を浮かせた。「ちょっとごめん」

　隣の仕事場兼寝室に入った。李奈は立ったまま通話に応答した。「はい」

「杉浦さん」由紀の声が遠慮がちにいった。「いまだいじょうぶですか」

「ええ。どうぞ」

「グーグルがアカウントとパスワードの開示に応じてくれて、柊日和麗のロケーション履歴が開けました。足どりがこと細かに判明したんです。ご覧になりますか」

「それはぜひ……。よかったですね。でも柊さんはどこに……?」

　由紀の声が沈みがちになった。「警察の人とも一緒に確認したんですが……。姿を消してからまっすぐ三浦《みうら》半島に向かい、城《じょう》ヶ島《しま》で四日ほど過ごしてます。そこで電源が切れたのか、ロケーション履歴が中断していて、それっきり……」

　三浦半島の城ヶ島。神奈川県の南端だった。李奈は問いかけた。「柊さんは以前からそこによく行ったとか？」

「きいたことがありません。プライベートなことは知らなくて。釣りを趣味にするのも将来の願望で、まだ道具も買ってないし、実際に試してはいないと思います」

柊の日焼けしていない色白の顔を思いだした。アウトドア志向だったとは考えにくい。李奈はスマホを通じ由紀にたずねた。「行方不明者届を受理してくれた立川署も、ロケーション履歴を確認したんですね？」

「はい。柊のグーグルアカウントとパスワードを提供しました。少しは能動的に動いてくれそうです。でもまっていられないので、きょうは休日を利用して、城ヶ島に来ました」

「いま城ヶ島においでなんですか」

「そうです。ロケーション履歴によれば、民宿のひとつにずっと滞在していたようなので、そこを訪ねたんですが……。柊の写真を見せても、そんな人は知らないといわれて」

「妙ですね……。ほかにも宿はあるんですか」

「ええ。少し離れていますけど、ぽつぽつと四軒ほど。うちふたつは空振りでした。これから残りの宿を訪ねるところです」

李奈は置時計に目を向けた。「わたしも合流したいんですけど、いまから三浦半島へ行くとなると……」

「ご無理なさらないでください。まずはロケーション履歴をご覧いただくべきかと。一緒に立川署に行くのもいいですし」

「そうしましょう。では日程を調整しますので、どうかよろしく……」

由紀と挨拶《あいさつ》を交わしあい、通話を切った。ため息とともに振りかえると、開いたドアに優佳と航輝が立っていた。ふたりとも気遣わしげな面持ちだった。

優佳がたずねた。「柊日和麗さんの件？」

李奈はうなずいた。「足どりがわかった。城ヶ島で途絶えてるけど」

航輝が渋い顔になった。「せわしないな。そうまでしていろんな事案を抱えこんで、あちこち飛びまわる必要がどこにある？　いまは小説家として大事な時期なんだろ？　執筆に集中したほうがよくないか」

「実感したの。現実に触れたほうが執筆の腕もあがるって」そういいつつも不安がよぎる。李奈は自分を説き伏せるべく付け加えた。「いまの経験が成長に結びついてほしい。でなきゃ小説家の仕事なんて、ただ妄想を書き綴《つづ》るだけになっちゃうし」

17

李奈はフリーランスだけに、本業についてはいつでも休みがとれる。ただし三浦半島の城ヶ島をめぐるには、丸一日空けることが前提になるだろう。コンビニのバイトもあるため、調整には多少難儀する。

バイトのある日は、空き時間に小説を執筆しようと思ったが、たちまち予定が崩れた。岩波書店の楠瀬が話していた精神科医が、休診時間に会えますよと連絡を寄越《よこ》してきたからだ。じっとしてはいられない。先延ばしする気にもなれない。月曜の正午近く、李奈は浜松町《はままっちょう》にある高田《たかだ》クリニックを訪ねた。

駅前のビルのワンフロアが高田クリニックだった。待合室には誰もいなかった。五十代の温厚そうな白衣姿、高田宏昌《ひろまさ》院長が面会してくれたのは、院内のカウンセリングルームだった。なんだか診療を受けに来たような気分になる。

肘《ひじ》掛け椅子にはヘッドレストまで備わっていた。患者なら身を委《ゆだ》ねるところだろうが、李奈はあえて浅く座った。「『太宰治に関する精神病理学的見地について』という論文をお書きですよね？」

精神科医が真正面ではなく斜め前に座るのは、患者を緊張させないためだと、ケン・キージーの小説に書いてあった。高田院長もまさにそのポジションに着席していた。くつろいだ態度で高田はいった。「いかにも。岩波書店の楠瀬さんからは、太宰の研究書を出版する予定があるから、協力してほしいと求められましてね」

「研究書は出版されたんでしょうか」

「いや。彼は『世界』という雑誌を作る部署に異動になったとかで、いまのところ実現していません」

「それは残念ですね」

李奈のそのひとことに対し、高田はなんのリアクションもしめさず、ただ無言を貫いた。特に表情も変えず、ぼんやりとこちらを眺めている。語り口が常に淡々とし、感情もほとんどのぞかない。情報的な問答にはすらすら答えるが、どう思っているかをたずねると、それがどんなに些細《ささい》な質問であっても沈黙するようだ。精神科医とはこういうものなのだろうか。なんとなく患者の症状をもらってしまっているようでもあるが、李奈の気のせいなのか。

ためらいとともに李奈はきいた。「太宰には精神病理が認められたんでしょうか?」

「患者に会わずに診療できないのと同じで、ご本人がこの世にいない状況ではなんとも」

「そうですよね……」

「しかし」高田が語気を強めた。「太宰が存命だったころ、薬物依存で入院した東京武蔵野病院では、主治医だった中野嘉一《なかのかいち》により、精神病質者だと診断されてます」

「中野嘉一……。医師であると同時に、詩人でもあった人ですよね？」

「ええ。太宰治について『主治医の記録』や『芸術と病理』という本も著してます。精神病質者ということはサイコパス、より詳しくいえば反社会性パーソナリティ障害ですよ」

貴志祐介《きしゆうすけ》の『黒い家』や『悪の教典』にでてくる症状だ。李奈は首を横に振った。

「受けいれがたい話です……」

「小説などで反社会性パーソナリティ障害といえば、サイコキラーというイメージが強いですからね。人を愛せないと主張する太宰の言葉を、そのまま信じればそういう診断もありえます。アルコールや薬物への依存も、反社会性パーソナリティ障害の特徴ではあります。しかし私が思うに、自殺願望があるところがどうもちがう」

「サイコパスは自殺しないんですか」

「いや。そう短絡的なものではありません。自殺したがる精神病質者もいるにはいる。

ほかの説として、太宰が依存性パーソナリティ障害だったとする見方もあります。面倒をみてもらいたいという過剰な欲求を持ち、それゆえ他者に従属的でしがみつきたがる。自殺願望に女性への依存心が結びつき、心中を繰りかえしたと」

「そうでしょうか。太宰の作品にあるのは甘えの感情ばかりではない気がしますが」

「私も同意見です。なにしろ類《たぐ》い希《まれ》な創造性を発揮している。しかし依存性パーソナリティ障害に、自己顕示欲が加わったものと解釈できなくもない。それが作中にみられる魅力的な文章表現に結びついた。いわば天才でしょう」

　結局は天才という評価に落ち着くのか。サイコパスと決めつけられるよりましに思える。李奈はたずねた。「依存性パーソナリティ障害プラス自己顕示欲というのが、高田先生の太宰観でしょうか」

「いえ。そういう説があるというだけです。私の考えるところでは、太宰は境界性パーソナリティ障害の傾向だろうと」

「境界性パーソナリティ障害……」

「対人関係の障害、慢性的な空虚感、自己同一性障害、薬物依存にアルコール依存、衝動的行動、二極思考、自傷行為や自殺行為。見捨てられ感や自己否定感もここから生じます」

「衝動的行動というのは、太宰のどんなことに当てはまりますか」

「まず性的放縦。次いで飲食や交遊による浪費。なによりアルコールや薬物の乱用。どれも境界性パーソナリティ障害に顕著な特徴です。めまぐるしく変化する感情に、自分で折り合いがつけられず、不安感もひとりでは収められない」

「それで小説の執筆が可能でしょうか？　楽しい作品もたくさんありますよね」

「偽りの自分を演じることで、本当の繊細な自我を守ろうとする。そのためには私小説めかした虚構の創作が役立った。太宰がみずからを喜劇役者といったことからも、そういう面はあったのでしょう」

「すると『グッド・バイ』も虚構でしょうか？」

「最後まで仮面を捨てきれず、遺書にまで本当のできごとだったと書いた、そんな可能性もありえます。太宰の小説は〝逆の真実〟に満ちているんじゃないかと」

「〝逆の真実〟ですか？」

「ええ。偽りの自分を演じるがゆえ、いちいち反対のことを書いた。本当の心中相手が良家の才女だから、小説では怪力で品のない女性にした。じつは愛人たちと別れたいと思っていないため、別れたがっている主人公にした。愛人たちに別れ話を持ちかけたりはしていないから、その逆の話になった」

「するとすべては妄想のような架空の物語なんですか」

「いや。〝逆の真実〟だといったでしょう。真実があって、その逆を綴《つづ》った、いわば〝逆ノンフィクション〟が太宰の小説なんです。たんなるフィクションではない。すべてをいちいちひっくりかえしていけば、本当の彼の姿が見えてくるかもしれません」

「でもなにもかも逆を書いているわけじゃないですよね？　太宰がじつは女だったというわけじゃないし、痩《や》せてなくて肥満体だったというわけでもありません。本当は女性に興味がなかったとか、すごくきちんとした暮らしぶりだったとか、お酒を一滴も飲まなかったとか、そうじゃないですよね？」

高田が目を剝《む》いた。「あなたの考え方は面白い。よければ私の考える小説家気質というものについて、あなたの意見をうかがいたいとも思いますが、あいにく休診時間が終わりに近づいていて」

たいした収穫がないまま、はぐらかされようとしている。李奈はあわてて問いかけた。「もういちどだけお聞きしたいんですが、『グッド・バイ』は現実の話でない、それが高田先生のご見解でしょうか」

「〝逆の真実〟です」高田の顔こそまるで偽りの仮面に見える。感情の有無さえふたしかな高田がいった。「太宰は自我を守るため〝逆の真実〟を書く作家だった。私にいえるのはそれだけです」

　李奈は釈然としない気分で高田クリニックをあとにした。ビルのエントランスをでて、駅方面に歩きながらも、狐につままれたような気分に浸る。

　本当は高田院長もよくわかっていないのではないか。太宰のことになると、じつはみな主観的な持論しか有していない、そんなふうに思える。もっとも、それは李奈自身もそうにちがいない。テクスト論で文学を読み解くはずが、太宰については作家論に陥りがちで、いつしか理想の著者像を空想してしまう。

　スマホをとりだし、画面を確認すると、着信記録が連なっていた。〝週刊新潮　寺島〟と表示されている。李奈は道端に足をとめ、折りかえし電話をかけた。

　寺島の声が応答した。「ああ、杉浦さん。いま南雲邸にいるんだよ。渋谷署の刑事さんたちも」

「なにか進展があったんですか」

「鑑識による縛りが、屋敷の隅々まで解けてね。もう自由に二階へ上がれるようになった。いろいろ検証しているところだ。きみも来たほうがいいんじゃないかと思って」

「わかりました、うかがいます。いま浜松町駅ですから、三十分ぐらいで……」

「そっか。じゃ、またあとで」通話が切れた。

李奈は足ばやに歩きだした。頭がこんがらがってくる。太宰は〝逆の真実〟を書く作家だと高田院長がいった。偽りの自分を演じつづけるため、遺書にも本当とは反対のことを書いた、そんな可能性があるらしい。もしそうならば、遺書とみられる文書の真贋《しんがん》など、どのように証明できるというのだろう。

18

李奈は南雲邸の一階、遊戯室のソファに腰掛けていた。

顔に疲れがのぞく南雲聡美は、黒のロングワンピースで、近くに座っている。『週刊新潮』の寺島と、渋谷署の扇田刑事も一緒だった。

廊下に面したドアは開け放たれたままだ。階段のきしむ音がかすかにきこえる。そっと一段ずつ下りてくる歩調が、さもばれないと思っているかのようで、なんとなくおかしい。寺島や扇田も笑いを堪《こら》えているのがわかる。

ドアから三十代の刑事、岩橋がひょっこりと現れた。「すみません。戻ってきました」

室内の全員が腰を浮かせた。扇田が苦笑いを浮かべた。「階段の上り下りは、どうやってもバレバレだな。でも二階からはなにもきこえなかったぞ。ノルマは果たしたのか？」

「はい」岩橋は真顔で報告した。「廊下の窓は二度も開け閉めしましたし、書斎のドアもノックして、なかに入ってからはふつうの声量で喋《しゃべ》ってみました」

「とすると」扇田が李奈を見つめてきた。「さっき杉浦さんもちゃんとそうなさったということですね」

最初の実験は李奈がおこなった。二階へ行き、廊下の窓を開閉したうえ、南雲の仕事部屋のドアをノックした。室内に入り、ドアを閉じてから喋った。また廊下にでて、こっそり下りてきた。岩橋と同じように、忍び足で階段を上り下りした音は、遊戯室の全員にききとられてしまった。ただし二階の物音や声はまるで一階に届かなかった。あまりに静かすぎたので、岩橋刑事が再度同じ実験をおこない、ようやくみなが納得する結果になった。

『週刊新潮』の寺島記者が眉《まゆ》をひそめた。「ちょっと疑問があるんですけどね……。防音仕様の部屋だってのに、小さくノックして、室内にきこえるのか？」

聡美が控えめに応じた。「きこえますよ。たしかに話し声となると、ドアを閉めてしまえば双方向に届かなくなりますけど、ドアを直接叩《たた》けばなかに響くんです。夫の仕事中にお茶を運ぶときには、常にそうしてきましたし」

簡単な実験により、いくつかの情報が得られた。二階廊下の音はここまで届かない。ただし階段の上り下りは、静かにしていれば確実にきこえる。李奈はドアに向かった。

「二階へ行ってみましょうか」

一同は階段を上った。二階へと上りきった廊下の端に、上げ下げ窓がひとつある。李奈はそこから外をのぞいた。

こちらは屋敷の真裏になる。高価な輸入建材が用いられた豪邸にちがいなくとも、渋谷区松濤となると敷地面積にはかぎりがある。屋敷の正面はかなり広くとられていたが、裏手は狭く、眼下は塀になっている。その向こうは細い路地だった。隣家は近いものの、路地に街路灯は皆無で、ふだん人の往来は少ない。日没後には暗がりのなかに沈むだろう。

「失礼」扇田刑事が手を伸ばし、上げ下げ窓を開けた。「開口部が狭い。かなり痩せ細った人間でないと通れない。杉浦先生のウエストなら可能でしょうが」

寺島がつぶやいた。「意外な犯人だな」

李奈は顔をしかめてみせた。「やめてください」

「しかし」岩橋刑事が窓から頭を外にだし、またひっこめた。「身体の細い男もいますよ。ここからうまく抜けだせば、塀に足をかけて、路地に降り立てられる」

扇田がうなずいた。「逆も可能だ。塀をよじ登って、この窓枠に飛びつき、なかに入りこめる。窓は外からでもずらして開けられる構造だ。鍵《かぎ》が開いていればの話だが」

聡美が首を横に振った。「こんなところはずっと鍵をかけっぱなしですよ。清掃業者さんがハウスクリーニングをするときぐらいしか開けません。毎晩、施錠をたしかめてますし」

「とはいえ」扇田は腕組みをした。「近所に街頭防犯カメラがない一方、いちおう屋敷に出入り可能な窓がここにある。そうわかったがゆえの実験ですよ。岩橋。さっきやったように頼む」

岩橋刑事は廊下を振りかえった。足をしのばせながら、南雲の仕事部屋のドアに近づく。分厚く頑丈なドアは閉じてあった。わきの壁はベニヤ板が壊され、閂《かんぬき》の機構がのぞいているが、室内でボヤが発生したときには、まだ無傷の状態だった。岩橋がドアをノックする。二階廊下にいればはっきりきこえる。

寺島記者が口もとを歪《ゆが》めた。「さっきもほんとにその強さで叩きました？」

「ええ」岩橋は険しいまなざしを寺島に向けた。「立派な造りのお屋敷ですし、一階に音が響きにくいんでしょう」

ドアを開け、岩橋刑事がひとり入室していく。大きすぎず小さすぎない声量で喋った。こんにちは、ちょっとお邪魔しま……。岩橋が後ろ手にドアを閉めた。声はぴたりときこえなくなった。

ほどなくまたドアが開いた。岩橋が廊下にでてきた。声がふたたび明瞭《めいりょう》になる。「……なり。本日は晴天なり」

扇田が岩橋にきいた。「いまずっと喋りつづけてたんだな？」

「ええ。いちども途切れることなく、同じ調子で」

部屋に入ってしまえば無音。外からのノックも二階廊下に反響するものの、一階にまでは届かない。窓の開閉音もだ。

「奥様」扇田が聡美を見つめた。「ふだんお茶を運んでるとおっしゃいましたよね。ノックだけで、ご主人は鍵を開けるのがふつうでしたか」

「はい。呼びかけるにはかなり声を張らなければならないでしょうし、近所迷惑なので……。ドアの真正面から室内に声が届くかどうかは知りません。やったこともないので」

「そこまでの大声なら一階でもきこえるでしょうから、当夜のできごとではありえませんね。しかしノックでご主人が解錠する習慣があったのなら、誰かがそうすればそうなったでしょう」

寺島が苦い顔になった。「誰かって？　記者たちは互いに見張ってたんですよ。奥さんも二階には上っていない。いまの実験でもわかるとおり、階段の上り下りの音なら、忍び足だって遊戯室まで届くんだし」

岩橋刑事が寺島記者に向き直った。「誰も外にでませんでしたか」

「誓ってもいい。みんな屋敷の一階にいた。外になんかでてない」

外出した者がいたら、その人物が屋敷の裏手にまわり、塀から二階の窓へ侵入できた可能性もある。もちろん内側から施錠してあったはずだが、聡美なら鍵を開けておける。上げ下げ窓の開口部が狭くとも、痩《や》せている聡美なら入りこめる……。

憔悴《しょうすい》しきったようすの聡美を見て、李奈はその考えを頭から追い払った。とんでもない想像だ。そんな機敏さや体力が聡美にあるようにも思えない。

「奥様」扇田刑事が聡美に声をかけた。「ご主人は記者のかたがたの顔を覚えているようでしたか」

寺島が怪訝《けげん》そうにたずねた。「どういう意味ですか」

扇田が寺島に向き直った。「いや、四、五人の記者が訪ねてきて、いちどしか顔合わせしていないとなると、顔を記憶しきれてないんじゃないかと。ならノックをして、南雲氏がドアを開けたとき、スーツの男が立っていれば……。記者のひとりと思ったとしてもふしぎじゃない」

「侵入者がそうやって鍵を開けさせたっていうんですか。それで火を放ったと？　ドアはなかから施錠されてたんですよ」

「そこまでのことはなくとも、遺書とみられる文書を、南雲氏から侵入者が受けとったとか……」

「ありえませんよ」寺島が苛立《いらだ》ちをのぞかせた。「記者を騙《かた》ったところで、南雲氏が鑑定中の文書を引き渡すはずがありません」

「でも」聡美がささやいた。「夫がみなさまの顔を覚えていなかった可能性はあります……。注目を浴びる側は自分だと考えていたでしょうし」

何者かがドアをノックし、南雲に鍵を開けさせた。男はスーツを着ていたため、対面してからもしばらくは、記者を装っていられた。ノックの音や話し声は、一階の遊戯室に届かなかった。ここまでは事実として成立しうる。問題はその前後だ。階段を上り下りはできない。それ以前に廊下の窓から入りこもうにも、内側から施錠してある。何者かが火を放ったのだとしても、部屋は密室だった。室内にいた南雲にしか鍵はかけられない。

李奈は扇田刑事に問いかけた。「誰か部外者が入った痕跡《こんせき》はありましたか?」

「それが」扇田が苦い顔になった。「前にも申しあげましたが、遺留物の識別が困難なんです。記者たちが踏みこんで消火剤を撒《ま》いたし、複数の指紋も判然とせず、汗や皮膚片、髪の毛の採取と識別も難しく……」

岩橋が補足した。「特定の被疑者がいれば、見つかったおびただしい数のデータと照合し、指紋なりDNA型なりに共通項の有無を確認できます。しかし、いたかどうかもわからない侵入者の遺留物を探すとなると、あまりに困難です。これまで屋敷を掃除した清掃業者には、日雇い労働者も多くいましたし」

「どうもわからん」扇田は唸《うな》りに似た声を響かせた。「太宰治の遺書とおぼしき文書が、最初からなかったとは考えられませんかね。鑑定を進めていたというのは、そのう、じつは事実に反していて、南雲氏はみずから火を放ったと」

聡美が表情を硬くした。「どういう意味ですか。夫が嘘つきだとおっしゃるの?」

「いえ……。あくまで可能性を検証しているだけです」

寺島記者がうんざり顔で否定した。「何度もいってるでしょう。南雲先生は興奮して、今夜歴史が変わるとか豪語してたんです。太宰治の本物の遺書だと確信なさってたんですよ」

「ええ」聡美が同意した。「わたしもそう思います。夫は絶対の自信を持っていました」

扇田刑事がため息をついた。「失礼ですが鑑定の目に多少の狂いが生じていたかも……」

「ありえませんよ」聡美は心外だという顔になった。「太宰治の真筆のサンプルをお借りし、比較しながらの鑑定だったんですよ」

岩橋刑事が意見を口にした。「それでもよくできた偽物で……。途中で真実に気づいて、怒ったか落胆したかで火をつけたとか」

しかし扇田刑事は同調しなかった。「岩橋。燃えたのは最近の紙ってだけじゃないんだ。灰の分析により、白紙だったとあきらかになってる。インクも墨汁も載っていない、ただの白紙だ」

遺書とみられる文書は見つかっていない。それこそ煙のように消えてしまった。灰のひとかけらさえ残さずに。

記者らはみな、南雲が太宰の遺書を本物だと確信していた、そう口を揃える。総理や女優など、複数の南雲の知り合いによれば、太宰の遺書には『グッド・バイ』が実体験だったような旨が書かれていたという。情報はすべて南雲からの伝聞にすぎないものの、しかしどうも理屈に合わない。『グッド・バイ』は現実の話でないと思われるからだ。

李奈は扇田刑事を見つめた。「南雲先生の前に、文書の科学鑑定をおこなったという吉沢元教授ですが……。その科学鑑定の報告書はないんですか」

「そもそも文書を発見した官僚は、半ば興味本位で吉沢氏に科学鑑定を依頼しました。太宰と同時代の紙と墨汁だったという連絡を受け、すぐさま南雲氏にまわしたんです。南雲氏の鑑定結果をまち、価値ある物と判明したら、あらためて吉沢氏からも報告書をあげてもらうつもりだったとか。ですが……」

「吉沢元教授の行方が、いまだつかめないんですね」

「お恥ずかしい話です。捜査本部のほうでも捜してるんですが、被疑者や重要参考人とはやや異なるので、足どりを追うのにあまり人員が割けず……」

寺島が口をはさんだ。「うちのほうでも追いかけましょうか」

「いや」扇田刑事は露骨に反発した。「取材の名目で動かれるのは困ります。吉沢氏の名はまださないでください」

「こっちで判断しますよ。見聞きしたことを報じるのが週刊誌ですから」

「あなたは当夜ここにいた参考人のひとりです。私たちとのやりとりで知りえた情報を、記者としての仕事に利用されるのはどうかと……」

「それじゃ飯の食いあげですよ。当事者だからこそスクープになりえます。もともと取材目的でこの屋敷にお邪魔してたんですよ」

口論がヒートアップしそうになったとき、聡美がぼそぼそといった。「記者さんのなかで、おひとりだけずっと黙っておられたかたが……。夫の前でもさほど関心なさそうになさっていましたが、あの記者さんはなんだったのでしょう」

寺島が笑った。「『ダ・ヴィンチ』の武藤君ですよね？　たしかに彼だけ態度がぎこちなかった。でもジャンルの異なる雑誌のせいで、僕たちの話の輪に入れなかっただけだと思いますよ」

李奈は寺島に問いかけた。「無口だったんですか？　武藤さんが」

「遊戯室にいたときには、とにかく人と交わらなかった。話を向けても、ほとんどなにも喋《しゃべ》らなくてね」

扇田刑事が寺島に詰め寄った。「さっきの話ですが、『週刊新潮』さんが勝手に書かれるとなると……」

　また刑事と記者の議論が再開した。聡美は憔悴したようすでたたずんでいる。李奈はスマホを片手に廊下を遠ざかった。KADOKAWAの菊池にラインのメッセージを送信する。『ダ・ヴィンチ』の武藤さんと話せますか。

　ほどなく返信があった。〝武藤は出張中。連絡をしておこうか？〟

　不穏な空気に戸惑いが生じる。どう回答すべきだろう。連絡を頼むか頼まないかの二択。上京して小説家をめざして以降、いつも迷ってばかりだった。

19

　翌朝は薄曇りの寒空だが、日中の降雪はなさそうだった。李奈は品川《しながわ》駅から京急《けいきゅう》線で三崎口《みさきぐち》駅に向かい、さらにバスで三浦半島の城ヶ島をめざした。

　移動中の車中では、スマホで小説を執筆するのが習慣化していた。困ったことにマンションの自室にいるときより捗《はかど》る気がする。ただし読みかえしてみたところ、文体がまた太宰治の模倣に思えてくる。より具体的には、柊日和麗に特有の文章表現と、半々に交ざりあっているようだ。気にかけているものに流されすぎている。しばらく原稿を冷やしてから、もういちど読みかえそうと李奈は思った。それで駄目なら数ページぶんをまとめて削除するしかない。

太宰治と柊日和麗を同一視しているわけではなかった。純文学の私小説であっても、ふたりの作風は根本的に異なる。いまはただ柊日和麗の行方が気になって仕方がない。彼のことが頭から離れないため、自然に原稿にも文体が反映されてしまっている。無事でいてほしい、そんな願いが日に日に募る。

白秋碑前《はくしゅうひまえ》のバス停で下車した。三浦半島の南端というイメージどおりに思えた。閑散とした道路はスロープ状に弧を描き、緩やかに下降している。近場には低い山林。公園の広々とした駐車場。工場施設。大きな椰子《やし》の木もそびえる。ただし青空は見えない。灰いろに沈んだ一帯はひたすらもの悲しい。

バス停の名でもある白秋碑とは、北原《きたはら》白秋の「城ヶ島の雨」の一節を刻んだ石碑のことだ。詩人であり歌人の北原白秋が、三崎の見桃寺《けんとうじ》に隠れ住んでいるとき、舟唄《ふなうた》を作った。それが碑文になっている。

現在地は城ヶ島大橋の下だった。ロケーション履歴によれば、柊日和麗も真っ先に石碑を訪ねている。どこをどのように移動したか、こと細かに判明していた。李奈は足どりを追うべく歩きだした。

柊による島の散策ルートをたどる。ウミウ展望台、馬《うま》の背《せ》洞門《どうもん》。城ヶ島公園からは、岩のごつごつした海岸線に降り立てる。晴れていれば最高の眺めにちがいない。

小説家という職業を選ぶ人間の特徴なのか、ぼんやりしていると妄想が働く。柊がひとり旅する姿ばかりではない。なぜか李奈が同行する状況を思い描いてしまう。展望台で横に並び、まるいち食堂で一緒にマグロ丼を食べ、ミサキドーナツを片手に歩きまわる。ふだんから静かで無口な柊が、きょうは穏やかに話しかけてくる。文学談義に花が咲く。ふたりの距離は縮まっていく。李奈は歩きながら柊の防寒着に身を寄せ……。

一本のマフラーをともに巻く。そんな陳腐このうえないシチュエーションを想像するに至り、李奈は頭を激しく振った。なにを考えている。要するにデートの夢想ではないか。

けれども自分のすなおな思いにも気づかされる。まだ恋と呼べるほどではなくとも、もういちど会いたい、その感情は否定できない。似た境遇、同じ職業、控えめな態度、やさしいまなざし。心が通いあったとしたら、こんなに嬉《うれ》しいことはない。

のぼせあがるばかりの脳を寒空の下に冷やす。柊の位置情報は数日にわたり、民宿のひとつ〝さんご荘〟から動かなかった。しかし事前に由紀からきいていたとおり、

〝さんご荘〟の女将《おかみ》は柊に心当たりがないようだった。宿帳も見せてもらったが宿泊の記録はない。

妙な話だった。民宿のそばには、ほかに滞在できそうな建物がない。冬場に野宿したとも思えなかった。立川署で確認してもらったが、柊日和麗こと坪倉海人は運転免許を持っていない。車中泊をしたとも考えにくい。

街頭防犯カメラはごく少数だった。ロケーション履歴の柊の足どりからすると、カメラの視界にはいちども入っていない。意図的にカメラを避けたようには思えない。自由に散策した結果、偶然そうなってしまったのだろう。ほかの三軒の民宿も訪ねてまわったが、これも先行した由紀のいったとおり、柊日和麗らしき人物は泊まっていないとの返事だった。

釣りをしに来たわけでもない。釣り糸を垂らせる桟橋には近づいていない。初日にあちこちを散策、夕方に民宿付近に移動したのち、以降の二日間はそこから動かなかった。四日目の午前十時すぎ、位置情報は途絶えた。その後の足どりはロケーション履歴にない。

柊日和麗が城ヶ島で失踪《しっそう》したのは、太宰の遺書とみられる文書が取り沙汰《ざた》されるより前になる。たとえ報道を知ったとしても、作風に太宰の影響がみられない柊が、感化されたり触発されたりするとは思えない。少なくともそう信じたかった。

駐在所や交番を見かけるたび、李奈は欠かさず立ち寄った。島の対岸の三崎港にも交番があった。どこでも警察官は、それらしき人を見かけたおぼえはない、そんな返事だった。李奈は自分の電話番号を書いたメモを渡した。なにかわかったら連絡をください、そう警察官に告げておいた。

三崎港にぽつんと立ち、寒々とした海原を眺めるうち、身体がぶるっと震えた。なにをやっているのだろう。現地に来たが収穫なし、ただデートの夢想に浸ったのみ。これではファンの聖地巡礼と変わらないではないか。

バス停の看板が目に入った。帰ろうか、ふとそんな考えが頭をよぎる。そのときスマホが鳴った。画面を見ると寺島の名があった。電話の着信だった。

応答すると寺島の声が告げてきた。「じつはきょう仕事が終わったら、あの晩に南雲邸にいた記者五人、集まろうってことになってる」

「へえ」李奈はきいた。「なぜですか」

「各社ともちょっとした摺《す》り合わせをしようってことだ」寺島は曖昧《あいまい》な物言いに留《とど》めた。それ以上たずねられることを拒むように、すかさず付け加えた。「『ダ・ヴィンチ』の武藤さんも出張帰りの足で直接来るよ。会いたかったんだよな?」

「ええと、はい。それはそうですけど……」

「よければ同席してもいいよ。午後七時、青山《あおやま》の貸会議室プロンプトってとこだ。場所は検索ででてくる。じゃまた」寺島が一方的に話を終わらせ、通話が切れた。

なんとなく身も心も冷えていくのを感じた。社会は勝手に動いている。小説家は妄想に生き、その内容を綴《つづ》ることを生業《なりわい》にしながら、ひとり取り残されるのみか。血の通った触れあいがこの仕事にはない。誰か自分を必要としているのだろうか。

20

すっかり日の暮れた七時すぎ、李奈は青山の貸会議室プロンプトに着いた。小ぶりな七階建てビルの三階だった。受付で申しでると部屋番号が告げられる。パーティションで区切られた通路を進み、角部屋のドアをノックした。複数の男性の声がどうぞと応じた。

窓にはブラインドが下りている。十人用の会議テーブルのうち、五つの席が隣を空けながら埋まっていた。李奈が初めて南雲邸を訪ねた夜、顔を合わせた記者が勢揃いしている。みな仕事帰りのスーツ姿だった。講談社『週刊現代』の浅井、小学館『週刊ポスト』の山根に、『週刊文春』の岡野と、『週刊新潮』の寺島。KADOKAWAの『ダ・ヴィンチ』の武藤もいた。武藤は特に無口なようすもなく、李奈を見ると微笑とともに挨拶《あいさつ》をした。ほかの記者たちも、武藤を不審がるような素振りなどみせない。

「じつは」寺島が咳《せき》ばらいをした。「それぞれが自社の編集部に情報を持ち帰り、上と相談した結果……。どこかが抜けがけするんじゃなく、ここにいる全社の媒体で、ほぼ同時に共通の内容を報じようということになった」

李奈は驚いた。「共通の内容というのは……?」

『週刊ポスト』の山根がそっけなく答えた。「南雲氏が亡くなる前後の二十四時間。私たち全員が見聞きしたことのすべて。このあいだ南雲邸で得られた事実というのも、寺島さんから提供してもらった」

寺島が多少気まずそうな面持ちになった。「杉浦さん、いいたいことはわかる。刑事さんの許可をとるべきだというんだろう。しかし記者には記者なりの判断がある。警察発表がまだでも、世間に知らせたい新事実が複数あるからな」

どこか気分が醒《さ》めてくる。李奈は念を押した。「密室の火災、燃えたのは白紙にすぎず、遺書らしき文書は行方不明。二階の音は一階にきこえない……。新事実というのはそのへんですか」

浅井がさばさばした態度でいった。「科学鑑定の吉沢元教授も、借金から逃げまわっていて連絡とれず。そこにも触れなきゃなりません」

「なにより」岡野も付け足した。「階段の上り下りは忍び足でも音がきこえる。私たちは相互に監視していた。その点は強調しないと」

記者たちは揃ってうなずいた。寺島が李奈を見つめてきた。「それでちょっと相談があるんだけどね」

「……なんですか?」李奈はきいた。

寺島がICレコーダーをテーブルに置いた。「居合わせた各誌記者と南雲聡美さんは、けっして二階に上がれなかった。警察はそうみているし、きみもそう断言できる。そのように話してくれないか」

驚いたことに、ほかの記者たちもいっせいに録音機器をとりだし、音声収録の準備を始めた。

李奈は面食らった。「ちょ……どういうことですか?」

「だから」山根がじれったそうに顔をしかめた。「あなたの証言ですよ。記者が誰ひとり二階に上っていない、これを自分たちの記事に書いても信憑性《しんぴょうせい》が足らない。でも警察にはインタビューできない。あなたが適任じゃないですか」

　浅井も同意をしめした。「岩崎翔吾事件で名を知られた作家の杉浦李奈先生はこう語る、とすれば客観的な記事になる」

「まってください」李奈は戸惑いを深めた。「わたしは扇田さんに助言を求められ、南雲邸にも出向きましたが、なにかを世間に公言できる立場では……。関与してることも明かしたくないんです」

　寺島が片方の眉《まゆ》を吊《つ》りあげた。「本物の怪事件に関わるなんて、小説家として名前をあげるチャンスじゃないか」

「だからそういうのがちょっと……。名前は伏せさせてもらえないでしょうか」

　記者たちは互いに顔を見合わせた。岡野が首を縦に振った。「では〝警察からの信頼が厚く、太宰治の件で助言を求められ、事態発生直後の現場に駆けつけた女性小説家のAさん（24）〟でどうですか」

　李奈は承諾しきれなかった。「申しわけありません。女性というのと、年齢も省いていただけると……」

　山根が人差し指の先で何度もテーブルを叩《たた》きながら、一同をうながした。「いいんじゃないか？〝事情通〟や〝業界に詳しい関係者〟よりはましだろ」

また記者たちがうなずいた。李奈は恐縮とともにきいた。「記事に〝事情通〟や〝業界に詳しい関係者〟ってある場合、ほんとにそういう人がいるんですか?」

記者らがいっせいに声をあげた。もちろんいる。いるとも。当然。いないはずがない。いなきゃ駄目なんだよ。

寺島が苦笑した。「記事のなかで、人のあれこれに言及するとき、きまって匿名の台詞《せりふ》になるよな。あれが胡散臭《うさんくさ》く思えるんだろ? 芸能人の過去のスキャンダルを列挙したり、評判の良し悪しを語ったりするのを、都合よく第三者の発言ってことにして、記者が責任逃れをしてると」

そのとおりだった。李奈は当惑をおぼえた。「そこまで不信感を抱いてるわけでは……。いえ、でも、まあそんな疑問はありました」

「取材対象については、ちゃんと氏名と連絡先を控えておかなきゃいけないんだ。あとで編集長からきかれたとき、ソースを見せられるようにしておく、記者にはそんな義務がある。俺たちにとっては嫌な話だが、裁判沙汰《ざた》になったときの証明責任もあるしな」

浅井が澄まし顔でいった。「ネットニュースの専門会社は、〝SNSや掲示板にこんな書きこみがあった〟というだけで記事にしますが、うちはやりません。そんな書きこみ、その気になりゃ記者自身が書けちゃいますからね」

岡野が李奈を見つめてきた。「ちゃんと取材対象は実在するし、発言の証拠を押さえておかなきゃいけないんです。ですから杉浦さん。さっきのことを簡潔に喋《しゃべ》ってください。取材のお礼は各社とも払いますよ。ごくささやかな額ではありますが」

李奈は雑誌取材の裏側を知るとともに、半ばあきれざるをえなかった。記者たちが容疑者ではないと、記事内で強調しておくためにも、第三者の証言が重要となる。そのために李奈は呼びだされたにちがいない。

証言は構わなくても、記事自体を掲載するのはだいじょうぶなのだろうか。李奈は一同にたずねた。「聡美さんは了承してるんでしょうか？」

寺島が李奈を見かえした。「なぜ了承を得る必要がある？　ご主人が密室で亡くなられたが、奥様は無関係。そこを報じておくのは聡美さんのためにもなる」

「でも世間に騒がれたくないのでは……」

「ああ。たしかに聡美さんは、警察が世間に情報を開示していない以上、秘密にするべきじゃないですかとおっしゃった。本音ではきみの危惧《きぐ》どおり、大衆の興味を煽《あお》ってほしくないんだろう」

「わかっているなら考慮して差しあげないと」

「ご遺族の心情は察するよ。でもこっちも責任を持って報道するわけだからね。記者の務めだ。悪いが、もう各社が決定したことだ」

室内が静まりかえった。記者らは録音機器に片手を伸ばし、スイッチをいれる素振りをしめす。すなわち李奈の証言を催促している。

証言が終われば追いだされてしまうかもしれない。質問するならいまのうちだろう。李奈は『ダ・ヴィンチ』の武藤に目を向けた。「すみません、あとひとつだけ。火災が発生する前、遊戯室で武藤さんだけ、言葉が少なかったと聡美さんが……」

武藤が妙な顔になった。「はて。そうだったかな」

すると寺島がからかうようにいった。「押しの強い週刊誌記者どものなかにあって、肩身の狭い思いをさせたかなと反省してます。いわば紳士的な振る舞いを守っていたのは、武藤さんだけだったので」

週刊誌記者らはみな笑った。山根も口もとを歪《ゆが》めている。「ごもっとも」

「ああ」武藤はようやく思い当たったようすだった。「言葉が少なかったというか、みなさんほど熱心じゃなかったんですよ。太宰への興味は人一倍ありますが、うちは月刊誌なので……。鑑定結果を一刻も早く編集部に知らせねばという、速報の義務感に駆られてはいませんでした」

記者らに納得の空気がひろがる。岡野がつぶやいた。「報道系のないKADOKAWAさんは平和ですよ。会社の前に街宣車が来たりもしないんでしょう?」

さして面白くもないやりとりでも、また笑いが湧き起こった。無理やり和やかな雰囲気を作りだしているようでもある。寺島がICレコーダーの録音ボタンを押した。

「じゃ、杉浦さん。証言を」

ほかの記者たちもいっせいにスイッチを押す。武藤までが李奈の証言をとることに積極的だった。

誰もが怪しく感じられるのは、猜疑《さいぎ》心が強すぎるせいかもしれない。思い過ごしだろうか。李奈は居住まいを正した。

あらかじめ要請された台詞を、証言として口にせねばならない。こういう役割を強いられる人は、みなそれぞれ事情があるのだろう。小説家の李奈もそうだ。講談社、小学館、新潮社、文藝春秋、KADOKAWA。反感を買っていい会社などひとつもない。

21

また〝太宰治〟や〝遺書〟が検索ワードの一、二位を争うようになった。大手の週刊誌がいっせいに記事をだし、テレビのワイドショー番組も追随したからだった。

ユーチューバーやブロガーの考察は、事件系と文学系の二種に分かれた。南雲がなぜ密室で白紙を焼き一酸化炭素中毒死したかという事件系。『グッド・バイ』が本当に現実の話だったかを検証したがる文学系。それぞれの需要を数字で比較すると意外にも、事件系より文学系のほうが注目度が高かった。南雲が死んだこと以上に、彼が直前まで鑑定内容に興奮をしめしていた、そんな各方面からの証言こそが話題になっている。事件系の考察も、おそらく南雲が本物の遺書を手放すのが惜しくなり、白紙を焼いて遺書が燃えてしまったことにしようと画策した、そんな推理が大半だった。

すなわち世間の大半が、太宰の遺書はおそらく本物だったと考えたうえで、記述内容の真偽へ興味を移していた。太宰は本心を綴《つづ》ったか否か。

『グッド・バイ』は登場人物名だけを変えたノンフィクションであり、太宰は愛人らに別れを告げてまわったが、途中で挫折《ざせつ》。そこで『グッド・バイ』の連載も終えた。

現実を記録していく前提だった以上、太宰のめざした〝別離百態〟は、挫折の時点で途絶えざるをえなかった。考察はそちらに傾きがちだった。

いったいどんな速度で制作したのか、早くも『太宰治　五通目の遺書の真実～「グッド・バイ」は実体験だったのか』という本が出版された。きいたこともない小さな版元で、内容はネット上の考察をまとめただけのしろものだった。手っ取り早く稼ごうとする露骨な便乗本ではあるが、コンビニの書籍コーナーに入荷したところをみると、世間は思いのほか太宰に関心を寄せているらしい。過去に何度か太宰文学に触れただけのライトな読者層が、報道を機に太宰の人物像に興味をおぼえたのかもしれない。

小説の読み手は国民のごく一部にすぎないはずだ。それでもまた太宰ブームが起きようとしている。李奈の気分は複雑だった。結局はスキャンダルめいた話題をきっかけとし、一時的に読書がファッション化し、ごく短い期間のみ出版界を支える。そんなふうに定期的に繰りかえされる、同種の社会現象のひとつにすぎないのか。もっと普遍的に読書の楽しさが広まってくれないだろうか。

李奈は昼休み中の鷹揚社を訪ねた。受付と編集部のあいだにある、広めの通路に打ち合わせ用のテーブルと椅子が並んでいる。うちひとつのテーブルを挟み、李奈は由紀と話し合った。

当然ながら話題は城ヶ島だった。李奈は由紀にいった。「ロケーション履歴によれば、あきらかに〝さんご荘〟にピンポイントで滞在してるじゃないですか。なのに泊まった形跡がまるでないなんて」

由紀も暗い顔でうなずいた。「〝さんご荘〟の女将《おかみ》さんによれば、連泊するお客さんには、お昼の掃除時間に外へでてもらうそうです。部屋にずっと籠《こ》もりっきりにはさせないって。いままでのお客さんすべてにそうしていただいたといってました」

「ええ、わたしもききました」李奈は状況を想起した。「〝さんご荘〟はスロープを上った先にあって、駐車場からは一、二分ほど歩くじゃないですか。そっちに停めたクルマにいれば、ロケーション履歴の位置情報が少しずれますよね？　まちがいなく建物内にいたはずなんです」

「柊のご両親もさすがに心配し始めていて、クレジットカードの使用履歴を問い合わせたようなんですけど……」

李奈は首を横に振った。「〝さんご荘〟は支払いが現金のみです」

「ですよね？　カードは失踪《しっそう》前日のアマゾンでの注文が最後です」

「アマゾンではなにを買ったんですか？」

「文芸書を数冊と、プリンターのインクボトルと、USBメモリーを一本だったかな……。どれも立川の留守になった部屋に届いていました。明細とカードの支払い情報の金額は一致してます」

「……文芸書とUSBメモリーは、旅に持ちだすためと考えられなくもないですが、プリンターなんて部屋に置きっぱなしですよね？」

「そうなんです。前日には行方をくらますつもりなんて、まったくなかったと考えられます。急に外出を思い立ったんでしょうか」

李奈は唸《うな》った。「警察のほうからはなにか……？」

由紀が肩を落とした。「なんの連絡もありません」

やはり行方不明者届だけでは捜査してもらえないのか。李奈は提言した。「こうなったらもう、自営業の坪倉海人ではなく、小説家の柊日和麗が失踪した旨、ネットニュースの配信元あたりに情報提供してみては……」

「はい。編集長にも相談しました。でも太宰治の遺書が大々的に報じられたいまは、時期がまずいというんです。太宰が話題になっているのを見て、無名の作家が失踪騒動を起こしたんじゃないかと邪推されるって……」

「そんなことといってる場合ですか」李奈は声をひそめた。「ひょっとしてわたしからメディアにリークしてしまったほうが……」

「駄目ですよ。杉浦さんが責任を問われちゃうじゃないですか」

「だけどこのままじゃなにも進展が……」

通路に複数の靴音が響いた。由紀が緊張の面持ちで背筋を伸ばした。李奈は視線を追って振りかえった。鬼編集長の田野瀬と、ラグビー選手のような体格の兼澤が歩いてきた。

田野瀬が由紀に声をかけた。「小松。なにをしてる」

「はい。あのう」由紀が立ちあがった。「柊日和麗の件で杉浦さんに相談を……」

「まだそんな話か。柊が見つからないのなら、代わりに誰か有力な新人の原稿を獲得しろ。印刷所の予定に穴を開けなきゃ許す。ただし売れる本じゃなきゃ駄目だぞ」

「……柊と連絡をとるため努力しているんですが」

「まったく」田野瀬が苛立《いらだ》たしげに頭を掻《か》きむしった。「おい、この杉浦さんに書いてもらったらどうなんだ？」

李奈は困惑をおぼえた。「わたしは……。すみません。ほかで予定がありまして」

由紀が田野瀬に申し立てた。「杉浦さんは別格ですが、柊ほど才能のある作家は、わたしの知っているなかにはいなくて……」

兼澤が口をはさんだ。「田野瀬さん。よければ僕の担当する作家に、売れ筋の小説を書かせますが」

「初刷を完売できそうか？」田野瀬が兼澤にきいた。

「柊日和麗ぐらいの成績はだせるかと」

「よし。企画書をだせ」田野瀬は由紀に向き直った。「いいか、いつまでも柊にこだわるな。作家基準ではなく、売る手段があるかどうかを考えろ。パブリシティだ、パブリシティ。太宰治をうちでもだしときゃよかった」

兼澤が苦笑した。「太宰は著作権切れで、出版契約なくだせますからね。版元の丸《まる》儲《もう》けです」

「いまから制作したんじゃ発売は半年も先になる。ブームが終わっちまって、在庫の山を抱える危険がある。とにかく次の金脈を見つけろ。たまにはドカンと当てて、俺を唸らせてみろ」田野瀬は返事もまたず立ち去った。

「努力します」兼澤は田野瀬の背にそう告げたのち、李奈にささやいた。「杉浦さん。うちで書くときにはぜひ僕に」

兼澤は由紀を露骨に無視し、田野瀬を追って足ばやに遠ざかった。由紀はすっかり悄《しょ》気《げ》てテーブルに目を落としている。

李奈のなかで田野瀬への反感が募った。出版を商売としか考えない典型的な人物がトップに居座る。こんな会社では絶対に書きたくない。

22

晴れた日の午前八時、李奈はジョナサン神楽坂駅前店で、『週刊新潮』の寺島と朝食をとることになった。なにか情報はないですかと寺島をせっついたら、一緒に食事をと誘われたからだ。はぐらかすも同然に、朝食ならと提案したところ、寺島はあきらめたような口調で、ならジョナサンにしようといった。

この店は新潮社から近い。歩いてこられる距離にある。意外なことにテーブルに同席したのは『週刊文春』の岡野だった。ライバル誌の記者どうしのはずが、今度の件でいつしか意気投合したらしい。最近は互いの腹を探りあいながら、一緒に食事することが増えているという。寺島が李奈に会うときききつけ、自分もと申しでたようだ。

三人ともドリンクバーから飲み物を確保し、食事も運ばれてきた。以前とちがい会話はのらりくらりとしていた。記者にしてみれば、世にでたスクープはとっくに過去のニュース、そんな認識が強いという。

寺島が岡野にきいた。「文春文庫の太宰はどう？　売れ行きが伸びてるんじゃないか？」

「まあね」岡野はトーストにジャムを塗りながら応じた。「『斜陽』と『人間失格』が一冊の文庫にまとまってるから、それがダントツに売れてる。岩波文庫も『人間失格』と『グッド・バイ』を同じ本に収録してて、いちばん部数が伸びてるとか。新潮文庫さんは？」

「数字は知らないが、うちも編集長がホクホク顔だよ。だけど前のブームほどじゃないな。紀伊國屋パブラインで見ても、天井知らずの売り上げとまではいかない」

「ちくま文庫の太宰治全集に押されてるとか？」

「いや。読者に知恵がついて、ネットなら無料で読めるとみんな気づいたらしくてな」

「ああ」岡野が笑った。「著作権の切れた小説は一長一短だな。著者への支払いも契約もなくていいけど、中小のどうでもいい版元も自由にだせる。ネットにも全文が載っちまう」

記事によって文庫の売り上げが伸び、会社に貢献できた。ふたりはそんな自画自賛に浸りきっているようだ。李奈は水を向けた。「報道をきっかけに、なにか新たな情報はきこえてきませんでしたか？」

寺島はコーヒーにクリームをいれながら、ちらと李奈の顔を見た。「文庫の売り上げが伸びてるってのが新たな情報だろうよ。なかでも『グッド・バイ』が多く読まれてる」

「……それはもちろん、あんなニュースが大々的に報じられれば、そうなるでしょうね」

「いや。そうともかぎらなかったんだ。『グッド・バイ』が太宰の実体験だったかもしれないって説は、過去に数社が煽《あお》ったことがあってね。そんなプレスリリースを各社共同でだして、いくつかの媒体でも記事になった。でも売り上げにはつながらずじまいだった」

岡野がうなずいた。「今度のは遺書らしき文書の存在があったからな。しかも名のある筆跡鑑定家が、本物と結論をだす寸前だったと考えられる。文書が見つかって、それが本物の遺書と証明されれば、さらにブームが沸騰するだろう」

李奈はかすかに当惑をおぼえた。「『グッド・バイ』が本当の話だったかどうかが、そんなに重要でしょうか？」

寺島が見つめてきた。「きみみたいに太宰文学を純粋に愛する向きには、どうでもいいことかもしれないけどな。一般大衆はよくできた虚構より、真実の話に興味を持つんだよ」

「そうでしょうか……」

「たとえば『ロビンソン・クルーソー』だ。初版の正式なタイトルを知ってるよな？」

「あー、はい。『難破船から岸に投げだされ、米オルーノク大河口付近の無人島で、二十八年もたったひとりで暮らし、最後は奇跡的にも海賊船に助けられた、ヨーク出身の船乗りロビンソン・クルーソーの生涯と、奇妙で驚くべき冒険の記録』です」

岡野がコーヒーカップ片手に苦笑した。「よく知ってる」

寺島は身を乗りだした。「〝本人著〟とも謳《うた》ってあったってな。ロビンソン・クルーソーの自伝という触れこみだったんだ。同時代のスウィフトによる『ガリバー旅行記』も……」

「そうです」李奈はうなずいてみせた。「当初はノンフィクションとして売られました」

「だろ？　こびとの国なんて非現実的な物語でも、本当の話を装えば、ひとまず人気を集められる」

「でもいまじゃそんなふうには謳われていません。『宇宙戦争』のラジオドラマがきっかけになり、いわゆるモキュメンタリー手法に批判が集中しましたから」

岡野が眉《まゆ》をひそめた。「『宇宙戦争』？」

H・G・ウェルズ著『宇宙戦争』が、一九三八年にラジオで朗読されたとき、それをニュースと信じた人々が、火星人来襲にパニックを起こしたとされる。だがじつは、このできごと自体が都市伝説でしかない。実際にはハドレー・キャントリルなる世論研究家が流布したデマだった。パニックまでは起きていない。

ただしラジオドラマの台本が問題視されたのは事実と伝えられている。台本上、天気予報につづき音楽番組が始まったのち、中断して火星人来襲の緊急ニュースが報じられるという展開だったからだ。

このとき槍玉《やりだま》にあげられたのが、二世紀以上も前の『ロビンソン・クルーソー』と『ガリバー旅行記』だった。それまでは両作とも、ノンフィクションに見せかけた題名や序文については、あくまで出版当時の微笑ましい宣伝手段にすぎないとして、読書家らに緩く受けとめられてきた。だがラジオドラマ『宇宙戦争』が審議入りすると、悪質な前例として糾弾されてしまった。

昨今ではフェイク・ドキュメンタリーをモキュメンタリーと呼ぶ。ラジオドラマ

『宇宙戦争』を機に、『ロビンソン・クルーソー』と『ガリバー旅行記』は文学的価値よりも、モキュメンタリーの元祖として軽んじられるようになった。

これを受けアメリカ版の両作は、〝本人著〟という触れこみを削除し始めた。以後は世界じゅうの版がそれに倣った。『ガリバー旅行記』はともかく『ロビンソン・クルーソー』に関しては、ラジオドラマ『宇宙戦争』が放送された一九三八年の時点で、ノンフィクションだと信じる読者はたしかにいたという。当時の新聞には〝『ロビンソン・クルーソー』は嘘だった〟という見出しも躍った。『宇宙戦争』の審議は、古典的文学二作の価値を一時的に貶《おとし》めた。ふたたび評価されるようになるのは戦後だったが、今度はおもに児童文学として人気を博した。

寺島もその経緯を知っているらしい。笑いながらつぶやいた。「どの出版社の文庫編集部も、太宰の遺書がじつは偽物だったとか、南雲さんが嘘をついてたとか、そういう結末を恐れてるだろうな。『宇宙戦争』後と同じで、たちまち太宰の本が売れなくなっちまう。『グッド・バイ』になにか非があったわけじゃないのに」

岡野も白い歯を見せた。「勝手に世間が盛りあがって本を買い、勝手に失望して興味を失う。勘弁してほしいよ。うちは増刷したばかりなんでね」

李奈はもどかしく感じた。いつまで経っても商売の話から抜けだせない。ひょっとして記者といえども、出版社の社員である以上は、結局そこが到達点なのだろうか。報道の使命と真実の探求が最重要ではないのか。

そのことを問いかけようとしたとき、李奈のスマホが鳴った。見慣れない携帯電話番号が表示されている。

「すみません」李奈は席を立った。エントランスに向かいながら電話に応答する。「はい。杉浦ですが」

中年男性の声が耳に届いた。「杉浦李奈さんですか。私、三崎港交番の者ですが」

「……はい?」李奈は思わず足をとめた。

23

中河与一《なかがわよいち》の『天の夕顔』に〝血を塗りこめたような不気味な夕焼け〟とある。いま李奈の目に映るのは、まさしくそのとおりの光景にちがいない。絵画でいえばムンクの『叫び』に描かれた空か。なにもかもが不安定に歪《ゆが》んで見えている。

冷たい潮風が吹きすさぶ城ヶ島の向かい、三崎港に李奈は立っていた。ついこのあいだ来たとき、ここは隅々まで閑散とし、人の姿などほとんどなかった。いまは群衆にあふれかえっている。

黄いろいテープのなかに入ることを許されたため、人だかりといっても制服警官ばかりだった。青いジャンパーの鑑識課員も多く交じっている。集結した緊急車両の赤色灯が、暗くなっていく視野の全体を、しきりに点滅させるようになった。すべてがせわしなく紅いろに染まっては消える、その繰りかえしだった。もう光がぼやけだしている。

悲鳴に似た慟哭《どうこく》は由紀の声だった。さっき埠頭《ふとう》を駆けていった由紀は、警官の群れのなかに見えなくなったが、いまはずっと泣き叫ぶ声が響く。ほかには甲高い風の音と、断続的な無線のノイズ、耳に届くのはそれだけだった。

李奈にも遺体に近づく許可はあたえられている。けれども足がすくみ、これ以上は距離を詰められない。状況は警察から伝えられた。放心状態で電車に揺られ、城ヶ島駐在所で待機させられたのち、いつの間にかここに着いた。悪夢のなかにいるようだ。自問自答するまでもない。これは現実だった。

海に面した桟橋の一角が、ブルーシートで囲んである。そこからストレッチャーが運びだされてきた。救急救命士や警官らが一緒にぞろぞろと移動する。ストレッチャーに横たわる遺体は、全身を毛布に覆われていた。由紀が涙を流しながら追いすがる。

足がもつれ、由紀は転倒しかけた。周りの警官たちがあわてぎみに支える。近くに救急車が待機していた。後部ハッチが撥《は》ねあげられる。ストレッチャーがリフトアップし、車内に搬入されていく……。

膝《ひざ》の力が抜けた。李奈は脱力し、その場にへたりこんでしまった。気づけば由紀と同じく泣きじゃくっていた。幼児のように声をあげ号泣した。涙で滲《にじ》んだ視界に、赤い点滅が乱反射しつづける。それ以外にはなにも見えなくなった。

いま思いかえしても柊日和麗という存在は幻想のようだった。絶えず気遣いに満ちたまなざし、もの静かな態度、言葉少なに語るささやき。神経質そうな色白の細面、ゆっくりとしたしぐさ、なにより美しい文体を紡ぎだす才能。すべては失われた。遥か彼方《かなた》に遠ざかってしまった。

李奈が前に来たとき、この近くにある交番に、連絡先の電話番号を残してきた。どんなことでも伝えてください、李奈はそういった。むろん訃報《ふほう》など望んでいなかった。けさ海面に人が浮いているとの通報があったらしい。しかし交番の警官が双眼鏡を向けたときには、目視で確認できなかった。ボランティアのダイバーらが動員され、大々的に捜索が始まったのが正午すぎ。李奈は駐在所で結果をまつことになった。午後には由紀も駆けつけた。由紀は心配そうな顔で震えていた。

そのうち声がかかった。李奈と由紀はパトカーに同乗し、埠頭まで運ばれた。着いた場所には受容しがたい光景だけがあった。

岡山から柊の両親がこちらに向かっている。私服警官のひとりがそう告げた。司法解剖はこれからだが、現段階でも亡くなって一か月以上は経過しているとわかる、そんな報告も耳にした。

スマホを身につけていたかどうかはわからない。たぶん発見されなかったのだろう。これだけ長く海中を漂っていると、衣服は脱げてしまうという。ロケーション履歴の位置情報は、埠頭へ向かう前に途絶えたことになる。自分の意思で電源を切ったか、それともバッテリー切れか。なんにせよ柊は人知れず海に身を投げた。

死を決意するまではどこにいたのだろう。なぜ位置情報が数日のあいだ、民宿に留《とど》まっていたのか。民宿の女将《おかみ》は柊の姿を見ていない。柊らしき人物が宿泊もしていない。

李奈の胸のなかに、いつもとは異なる感情が生じた。虚無そのものだった。あれこれ考えてどうなる。彼にはもう会えない。二度と戻ってはこない。

小説に書かれる推理ゲームが、いかに現実離れしていたかを痛感する。こうだからこう、そのはずだ。どこの誰がそんなふうに、人の死を筋道立てて考えられるというのだろう。赤の他人ならありうるかもしれない。李奈もこれまではそうだった。しかしいちどでも好意を抱いた人については無理だ。ただ深い落胆と、失望と、絶望がある。心が癒《い》えるときがくるのだろうか。いまは想像もつかない。

思考が極度に鈍化し、なにも考えられなくなった。いつしか空は黄昏《たそがれ》をわずかに残すのみになっていた。真っ黒な人影が、だいじょうぶですかと問いかけてきた。李奈は誰かに助け起こされた。パトカーへといざなわれる。規制線のなかだ、警察にちがいない。李奈はただ身をまかせるしかなかった。

向かった先は駐在所ではなく三崎警察署だった。遺体がここに運ばれてくるかどうかは知らない。たずねる気も起きない。由紀が情緒不安定になり病院に運ばれたとはきいた。李奈は刑事らの質問に答えた。これまでの経緯を手短に説明した。詳細は立川署と連絡を取り合います、刑事がそういった。

三崎口駅へは覆面パトカーで送ってくれた。日没後の久里浜《くりはま》線、特別快速に座れたのはありがたかった。長い時間はとても立っていられない。

品川駅の雑踏と喧噪《けんそう》が嫌に思えなかった。騒がしさのおかげで心が紛れる。新宿駅でも同様だった。中央線に乗り換えてからは、阿佐ケ谷駅に着くのがまち遠しかった。中野駅も高円寺《こうえんじ》駅もホームがよく似ているせいで、うっかり早まって下車しそうになる。

やっと阿佐ヶ谷駅で満員電車から解放された。帰宅を急ぐ人々とともに階段を下り、改札を抜けた。

駅構内を北口方面にでようとしたとき、人混みのなかに立つ男性と目が合った。李奈ははっとして足をとめた。知っている顔だった。鍛えた身体をはちきれんばかりのスーツに包んでいる。鷹揚社の兼澤が真顔でつかつかと歩み寄ってきた。

なにごとかと李奈は思わず後ずさった。けれども兼澤はかまわず距離を詰めてくる。やけに切実なまなざしで兼澤がいった。「杉浦さん。会えてよかった。マンションの前でまっていたんだが、ずっと留守で」

李奈の住所は知らせていない。ネット上の情報流出がまだ尾を引いているのか。当然ながら李奈にはいい気持ちがしなかった。「なんでしょうか」

「話がある。どこか近くの喫茶店にでも……」

「ここでうかがえませんか。申しわけないんですが疲れていて」

「わかった。手っ取り早くいう。会社を辞めてきた」

「……なんですって？」李奈は面食らった。「辞めたって、鷹揚社をですか？」

「そうだよ。僕はいま無職だ。だから相談がある。唐突すぎるかもしれないが」兼澤はためらいがちに告げてきた。「一緒に会社を立ち上げないか。最初は小さな出版社から始めて、編集ひとり作家ひとり、ゆくゆくは社員を増やしていけばいい」

「ちょ……」思考がついていかない。李奈は兼澤を見つめた。「いったいなんのお話ですか」

「編集の腕なら自信がある。人脈もあるよ。会社を興すのが難しいのなら、杉浦さんの知ってる版元を紹介してくれてもいい。KADOKAWAの給料は安いらしいけど、全力で働かせてもらうから」

「あの……。なにがあったんですか？」

兼澤の鼻息は荒かった。「もう田野瀬編集長にはついていけない。あの人は鬼だ」

「仲がよさそうにお見受けしましたが」

「まず副編の座をめざそうと、社内の対人関係にも尽力してきたが、もはや限界だ。田野瀬編集長のいうパブリシティなんて度を超している。さっき柊日和麗の訃報をテレビのニュースで知って……」

「……ああ」李奈の視線は自然に落ちた。「ご存じだったんですか」

李奈の柊に対する思いには気づいていないのだろう、兼澤はお悔やみも口にせず、無遠慮にまくしたてた。「柊日和麗の追悼本と称してムック本を作り、書店フェアで既刊を売ろうとか提言してきた。それも速報のわずか五分後にだ。無名の作家だが、報じられた死亡推定日時は、太宰の遺書が話題になるより前だから、便乗とのそしりは受けないとかいってた」

「田野瀬さんは柊さんの訃報を……本を売ることに利用する気ですか」

「そうだよ。本屋大賞ノミネートって実績しかなくても、将来的に直木《なおき》賞を狙えるほどの新人だったと謳《うた》えるし、おおいに販促になるってさ。異常だよ。あまりに商魂たくましすぎて、この人の下にいたんじゃ、いずれ僕の不幸までも飯の種にされかねないと思えてきた」

「いくらなんでも社員さんのことまでは……」

「いや。田野瀬編集長は以前、女性作家を担当編集者と結婚させ、その経緯をノンフィクション小説として書かせようとしたことがある。究極のリアル恋愛小説という触れこみだった。なぜそんな企画なんですかときいたら、パブリシティに取りあげられやすいからだってさ」

「実現したんですか……?」

兼澤が首を横に振った。「そもそも結婚の意思のないふたりだった。そうわかってからも結婚すれば面白い、祝儀ぐらいはだしてやると、編集長は強引にふたりを説き伏せようとした。常軌を逸してるよ。いまも柊日和麗の追悼本制作に意欲的だし」

「追悼本だなんて……。柊さんの担当編集は小松由紀さんでしょう？　彼女は病院に運ばれましたよ」

「知ってる。編集長が彼女のスマホに電話したら、医師がでたといってた。すかさず僕に追悼本の進行を命じてきた」

「兼澤さんに？」

「そんなことはできないといったら、編集長が怒鳴り散らしてね。無能だとか、身体がでかいだけのでくの坊だとか、罵詈雑言《ばりぞうごん》を並べ立てた。編集部の真んなかで、大勢の社員がいる前でだ」

「いきなりですか」

「いちど田野瀬さんと仕事をしてみればいい。どんなに嫌な男かよくわかるよ。世間にもこれほど腹立たしい奴はいない。あの人にとっては、俺はただの駒のひとつにすぎなかったんだな。クビだといわれたから、その場で了承してやった」

兼澤の判断は真っ当に思えた。けれどもその後の行動は受容しがたい。李奈の自宅マンションに押しかけてきて、帰りぎわに駅ででくわしてしまった。こちらからすればたまらない。李奈はかなり年下の新人作家にすぎないというのに、業界の先輩から急に将来の相談をされても困る。

スマホが鳴っているのに気づいた。李奈はスマホをとりだした。画面に〝渋谷署扇田〟とあった。李奈は兼澤に頭をさげた。「すみません、電話が入ったので……」

これにて失礼します。そういう意味の会釈だったが、兼澤は行く手に立ちふさがったまま、通話が終わるのをまつ構えをみせた。北口にはでられない。李奈は踵《きびす》をかえし、南口へと抜けていった。

兼澤が足ばやに追いかけてきた。「杉浦さん！　僕ときみが組めばベストセラーまちがいなしだ。ふたりで田野瀬編集長を見かえそう」

そんな意思はない。李奈は南口ロータリーへとでた。なおも背後に兼澤が追いすがったが、交番前に立つ警官の目がこちらに向いた。しつこいつきまといを連想させる構図にちがいない。兼澤は気まずそうに足をとめ、すごすごと引きさがっていった。駅構内へと退散していく。

李奈はほっとしながら電話に応じた。「はい」

「杉浦先生、扇田です。きょう鑑識から報告がありました。杉浦さんには専門でないことですが、いちおうお知らせしておこうと思いまして」

「なんですか」

「南雲邸から五十メートルほど離れた路地に、ビニール袋が落ちていました。縦横四十センチで破れてはいません。指紋は無理でしたが、袋の内側から南雲氏のDNA型が検出されました」

「DNA型というと……」

「唾液《だえき》や汗、髪の毛です。南雲氏がこれをかぶった形跡があるらしいと」

「……窒息したんですか？」

「いえ。たしかに息が荒くなったんでしょう、一か所に唾液が集中していましたが、窒息したなら一酸化炭素中毒にならないわけです。南雲氏の手首足首には拘束された痕《あと》もないので、ビニール袋はみずからかぶったのかもしれません」

「それで苦しくなったものの、死にきれなくて袋をとり、今度は紙を燃やしたんでしょうか？　でもなぜ袋が五十メートルも離れたところにあったんですか？」

「そこです。微量なんですが、袋の内側には女性のDNA型も見つかっています」

「女性？」李奈は愕然《がくぜん》とした。「聡美さんのですか」

「調べましたが別人とのことです。誰なのかはわかりません。しかし唾液だったので、やはり袋をかぶって呼吸困難に陥った可能性があります」

「……袋は四十センチ四方とおっしゃいましたよね？　ふたり一緒にかぶって無理心

中ってのは、その名のとおり無理ですね」

「女性が先にかぶったけれども死にきれず、次に南雲氏がかぶって、やはり死ねないまま脱いだのかもしれません。なんにせよ南雲氏が自室に籠《こ》もるより前のできごとでしょう。あの日の南雲氏は密室にひとりきりでしたし」

「唾液のほかに、女性のものとみられる髪の毛や汗、メイクの成分なんかは……？」

「鑑識から報告がありません。唾液自体もごく少量だったんです。またこちらにおいでになる際に、データに目を通していただくことはできますが」

「……わたしがそれを見ても、なにかわかるとは思えませんが」

「ええ……まあそうですね。すみません。杉浦先生の聡明《そうめい》ぶりに、どうしてもご意見をうかがいたくなりまして」

「ご期待に添えず申しわけありません。なんだか頭が働かないんです。きょうは城ヶ島の辺りに……」李奈は口ごもった。「いいえ。なんでもありません」

城ヶ島という言葉をきいても、扇田の声のトーンに変化はなかった。「お忙しいところご迷惑をおかけしました。またご連絡します。それでは」

通話が切れた。警察といえども所轄も担当もちがう。神奈川の漁港で見知らぬ小説家が死んだ。扇田刑事が関心を向けるべきことでもない。

駅のほうを振りかえった。もう兼澤の姿は見えない。李奈は北口方面へと歩きだした。重い足をひきずるとはこの感覚にちがいない。いまはただベッドに横たわり眠りたい。

24

葬儀場には柊の両親である坪倉夫妻も来ていた。李奈は深々とおじぎをし、小声でお悔やみを述べた。接触はそれだけだった。喪服の大半は鷹揚社の社員で占められている。

田野瀬編集長は直前まで、マスコミの取材を受けいれるべきだと主張したようだが、坪倉夫妻に拒否されたときく。そのせいか田野瀬はずっと仏頂面を貫いている。大人げない性格の持ち主だと李奈は思った。なにをいいたいかはわかっている。パブリシティの絶好の機会だというのだろう。いつも商売優先とはあきれる。故人をしめやかに送りだす気はないのだろうか。

出棺のため外にでると、地面がうっすら白く染まっていた。雪が積もりだしている。両親と数人の親族以外、特に悲嘆に暮れたようすはない。担当編集者だった小松由紀は、三浦市立病院から都内の病院に移ったが、いまも入院ベッドで点滴を受けている。鷹揚社を辞めた兼澤も姿を見せなかった。ほとんどの社員は柊日和麗に関わりがなかったようだ。

李奈が前に鷹揚社で会った女性編集者は、糸井真菜子《いといまなこ》という名だとわかった。年齢は三十二歳、以前はKADOKAWAにいて、菊池とも知り合いだという。柊日和麗の追悼本は、真菜子が編集を担当することになった、葬儀の席でそうきかされた。鷹揚社の社員らはビジネスの話ばかりだ。柊とは関係のない話題も多い。しかも無言で座る坪倉夫妻の耳にも届くような声量だった。この会社のマナーのなさは特筆に値する。出棺が終わったとき、真菜子があくびをするのを李奈は目にした。悪びれもせず真菜子は近くの社員にささやいた。追悼本、初版一万はきついよね。そんなに話題にもなっていないのに。真菜子はそういった。

胸がむかむかする気分のまま、李奈はマンションの自室に帰宅した。数日が過ぎ、東京都済生会中央病院に入院中の由紀から連絡があった。柊の住んでいた立川のアパートを、警察が捜索した結果、思わぬ物が見つかったという。

薄日の射す午後二時すぎ、李奈は入院病棟を訪ねた。由紀はふたり部屋にいたが、同室の患者は受診のため留守だった。青白い顔の由紀は入院着姿で、ベッドで上半身を起こしていた。常時点滴ということもなくなり、あとは数回の検査を経て退院だという。

李奈の見舞いに由紀は微笑したものの、やがて憂いのまなざしをサイドテーブルに向けた。喉《のど》に絡む声で由紀はいった。「問題の物はそれです」

A4用紙の束。縦書きの文章がプリントアウトしてあった。一見して小説とわかる。長編の分量だった。李奈は由紀にきいた。「この原稿、最初から印刷されていたんですか?」

「ええ。パソコンや記録媒体にデータはなくて、プリンターで印字されたそれらだけが、本棚の裏に隠してあったそうです」

データを消去したうえで、プリントアウトした原稿もわざわざ隠すとは、いったいどんな目的があったのだろう。

一枚目の原稿の右端に題名と著者名が記されている。『珊瑚樹』柊日和麗。

読みやすい文章に最初から引きこまれる。情緒に満ち、私小説にありがちなひとりよがりを感じさせない。数枚に目を通しただけで、李奈はすっかり単なる愛読者と化していた。

ところが一章が終わるころ、妙な胸騒ぎをおぼえた。小説の出来は素晴らしい。文体もたしかに柊日和麗にちがいない。ただ作中に描かれる世界に既視感がある。妙に体温が上昇していった。室内が暑くなる。体裁の悪さを感じたときのように落ち着かない。

たまりかねて李奈はつぶやいた。「これって……」

「そうです」由紀が小さくうなずいた。「主人公の青年は売れない小説家。文学賞も逃してしまう。でも表彰式後のパーティーの席で、似たような境遇の女性と会う。そこに描かれているのは、どう読んでも……」

素の自分の姿を撮った動画を観せられた気分だった。柊の描写力はそれぐらい卓越していた。この小説に綴《つづ》られている女性は李奈にちがいない。それも柊の目を通して見た李奈だった。

ふたたび原稿に向き直るのがためらわれる。それでも由紀に視線を投げかけると、無言のうちに先を読むよううながしてくる。心拍の速まりを自覚しながら李奈は読み進めた。

主人公の青年は女性にひと目惚《めぼ》れしてしまった。青年の傷ついた胸中に、水のように浸透し、やさしく癒《い》やしてくれる存在。小説家の辛《つら》さも苦悩も、この女性は充分に知り尽くしているようだった。彼女は年下なのに、青年を導いてくれる慈母のようでもあった。青年は女性のことが忘れられなくなった。遠慮がちにラインのメッセージを送るが、その返信をまつあいだ、そわそわして仕事も手につかない。ほかの原稿を書いていたはずが、こんな小説になってしまったとある。『珊瑚樹』は柊の独白そのものだった。女性にまた会いたい、でもその勇気が持てない、内なる葛藤《かっとう》がつづく。作中には女性の外見についても書かれていた。長く艶《つや》やかな黒髪、丸顔につぶらな瞳《ひとみ》、すっきり通った鼻すじ。ふくよかな唇の左下のほくろさえ、なんとも愛らしく感じられる、そう書かれていた。

李奈は思わず顎《あご》に手をやった。そこにほくろがあることは鏡でたしかめるまでもない。狼狽《ろうばい》とはこの状況にちがいなかった。李奈はうわずった声を発した。「ちょ……あのう、これ……」

由紀は困惑顔を向けていたが、あまりに李奈が取り乱しているからか、苦笑に似た微笑が浮かんだ。落ち着かせるように穏やかな口調で由紀がいった。「柊が長編を書きあげていたなんて、わたしはちっとも知りませんでした」

なんとか冷静に努めながら李奈は応じた。「執筆の時期は最近ですよね……。本屋大賞のノミネートと落選後のことですし」

「ええ。それが柊の遺作でしょう」

「……結末はどうなるんですか？」李奈は原稿の最終章に目を移した。

「あ……」由紀が戸惑ったような声を発した。

数行を読むだけで、由紀がなにをうったえようとしたか、李奈にはわかった気がした。

前半とは文章のトーンが一転し、終盤では暗く沈んでいる。しかも舞台は城ヶ島から三崎港ではないか。

手に汗が滲《にじ》んでくる。李奈の持つ原稿の束が震えだした。青年は女性への思いを伝えられないまま、ずっと悶々《もんもん》としつづけた。小説が書けなくなった青年は、悩むあまり絶望し、とうとう埠頭《ふとう》から海に身を投げてしまう。

まるで自殺をまのあたりにしたかのような衝撃がそこにあった。李奈はあわてて原稿から顔をあげた。虚空を見つめてもなお動悸《どうき》がおさまらない。

由紀が心配そうに身を乗りだした。「だいじょうぶですか？」

「そんな」李奈は茫然《ぼうぜん》とせざるをえなかった。「原因はわたしにあるんですか」

「どうか落ち着いてください……。途中の章を読めばわかりますが、主人公の青年が意識したのは、杉浦さんがモデルとおぼしき女性だけではないんです。恋愛感情まで抱いたのはその女性だけだったようですけど、ほかに好意を持った相手として、糸井真菜子さんっぽい女性も登場します」

「糸井真菜子さん……。ああ、葬儀でもお会いしました」

「出版社で姉御肌の編集者を見かけて、すっかり少年のようにときめいたとか……。わたしをモデルにしたらしい担当編集もでてきます。本が売れなくて苦労をかけてしまっていると、作中で青年がしきりに詫《わ》びています」

李奈は長編を拾い読みした。由紀が指摘する箇所はそれぞれ目にとまった。薄幸そうで、いつも酸欠状態におちいりがちな女性が担当編集。青年はこの女性にも惚《ほ》れていた。なんとか助けてあげたいともあった。ほかにも知らない女性が複数登場し、青年が一方的に好意を寄せるが、告白ひとつできないもどかしさに終始する。

驚きとともに李奈はいった。「いろんな女性への思いを綴っているんですね。柊さんの小説としてはめずらしいです。太宰治的というか……」

由紀も同意した。「ただし実際に女性と触れあうことはなく、すべてが青年の内面における苦悩として表現されています。告白の言葉どころか、デートに誘うひとことさえ口にできないんです。そこが太宰とちがう点でしょう」

「全体的な作風は異なっても、この原稿はあきらかに柊さんの手によるものですね」

「はい。そこは疑いの余地がありません」

文体が独特だった。柊に類《たぐ》い希《まれ》な文才や語彙《ごい》力が備わっていることは、パーティーで直接言葉を交わしたとき、充分に伝わってきた。その後ラインに送られてきた短いメッセージにも、彼ならではの美しい文章が綴ってあった。岩崎翔吾がじつは自分で小説を書いていなかったケースとはちがう。柊日和麗は本物の作家だ。ほかの誰にも真似できるはずがない。

とはいえ終盤には違和感をおぼえる。文体がいつもの柊のセオリーと異なって感じられる。みずからの命を絶つくだりになると、やはり正常な心理ではいられないのだろうか。

李奈はため息をついた。「この小説どおりに解釈すれば、内気な柊さんは多くの女性たちに好意を持ったものの、自分の感情を伝えられず、悶々と悩むうちに小説が書けなくなり……。来世ではものいわぬ珊瑚樹となるべく、海に身を投げたと」

「でも」由紀が語気を強めた。「それまでの足どりには疑問があります。この小説によれば、青年は命を絶つ前の数日、〝さんご荘〟に連泊しています。女将《おかみ》さんとの会話も書かれているんです。ロケーション履歴の位置情報はたしかにそうなってますが、実際には……」

「ええ、そうですね。柊さんが泊まっていたとは思えない。不可解です」

なにより海に身を投げてから小説を書けるはずはない。柊はこの原稿を書き終えてから、城ヶ島へとでかけ、物語の結末のままに命を閉じたことになる。予定に狂いが生じ、民宿には泊まらなかったのか。しかしそれなら位置情報はなぜ小説のとおりになっているのだろう。

李奈と由紀は顔を見合わせた。ほどなく由紀の顔に不安のいろが浮かびだした。李奈にはその心境が手にとるようにわかった。同じ思いがこみあげてきたからだ。

「あの」李奈は率先していった。「わたし、ここに書かれているとおり、柊さんとつきあったわけじゃありません。警察は参考人として事情をきこうとするかもしれませんけど、ほんとになにも知らないんです」

「わたしもですよ」由紀がすがるような目を向けてきた。「作家のプライバシーには立ち入らないようにしてきました。柊がどう思ってたかも知りませんでした」

ふたりはまた互いを見つめた。今度は罪悪感が募ってくる。まず真っ先に自分の潔白を主張したがるとは、柊に失礼ではないのか。彼の苦悩をまったく理解できていない。由紀が反省したように視線を落とした。やはり同感だと李奈は思った。

それでも今後のことが気遣わしく思えてくる。李奈はつぶやいた。「警察がわかってくれたとしても、週刊誌が書き立てるかも……。柊日和麗の幻の遺作に、じつは複数の女性との愛憎関係が見え隠れするって」

由紀が弱り果てた顔になった。「愛憎関係だなんて……。主人公の青年はただひたすら純情で、惚れっぽくって、なにもいいだせずに悩みを募らせてるだけです」

「わたしたちがそう答えても、本当はつきあってたんじゃないかって、記者が面白おかしく尾ひれを足そうとするかも」

週刊誌記者たちの顔が思い浮かぶ。あの人たちならやりかねない、そんな猜疑《さいぎ》心も頭をもたげてくる。

李奈は由紀にたずねた。「警察はこの原稿を読んだんでしょうか」

「はい。鑑識がしっかり調べたうえで、鷹揚社に引き渡されたんです。全文のコピーも警察のほうにあるとおっしゃってました」

「事情聴取を受けましたか？」

「わたしがですか？　いいえ。杉浦さんは？」

「わたしにもなんの連絡もきてません」李奈は答えた。いまのところ柊と会ったことのある女性たちが、特に問題視されているわけではなさそうだ。

由紀がふと思いだしたように告げてきた。「立川署のかたは、柊がどうやって家賃を払いつづけていたか、そこが気になるとおっしゃっていました」

「家賃……」

「警察によれば柊は家賃のほかに、自分の銀行口座に毎月十数万円ずつ、現金を預けていたそうです」

「へえ。柊さん自身が、自分の口座にお金をいれてたんですか?」

「そうです。うちの会社からの支払いは銀行振りこみですし、金額も微々たるものです。このところは新作の刊行もなかったうえ、バイトをしていた形跡もないし、仕送りも受けとっていなかったのに、どこからお金を得ていたのかと」

たしかにふしぎだった。人にいえない副業でもあったのだろうか。彼の才能が正しく評価され、本がもっと売れていれば、そんな苦労もせずに済んだのに。

『珊瑚樹』は儚《はかな》く美しく、流麗な文体の長編に仕上がっていた。まだ通して読んだわけではないが、純文学として秀作の域かもしれない。けれどもこれが世にでれば、著者が自殺した動機を勘繰るような、卑しい読まれ方をするにちがいない。むしろ田野瀬編集長は、それで売れ行きが伸びることに期待するだろう。柊日和麗が不憫《ふびん》でならない。鷹揚社の商業主義に振りまわされ、最期まで作品を真っ当に受けとってもらえない運命なのか。

スマホの唸《うな》るような振動音がきこえた。着信音を消してあるが、画面を見ると電話がかかってきたとわかる。〝渋谷署　扇田〟と表示されていた。

李奈ははっとして、スマホの画面を由紀に向けた。由紀も怯《おび》えた顔で身を小さくした。まさか恐れていたことが現実になったのでは。

びくつきながら李奈は通話ボタンを押した。「はい……」

「杉浦先生」扇田刑事の昂揚《こうよう》した声の響きが耳に届いた。伝えられたのは、李奈が危《き》惧《ぐ》していたような内容ではなかった。「吉沢元教授の居場所が判明しました！」

25

松濤と同じ渋谷区の住宅街でも、笹塚《ささづか》になるとずいぶん雰囲気が異なる。街路灯がおぼろに照らす狭い路地は、昔ながらの下町感に満ちていた。低層マンションや小ぶりなアパートばかりが、ほとんど隙間なく軒を連ねる。

まだ早朝だった。暗かった空がようやく蒼《あお》いろを帯びだしたにすぎない。李奈の吐息が白く染まった。ダウンジャケットを着ていても寒さが沁《し》みいってくる。

私服警官らは道幅いっぱいにひろがりながら、黙々と路地を歩いていった。李奈は刑事の群れと行動をともにしていた。扇田刑事は特に同行を求めてはこなかったが、李奈のほうから希望した。

どうせ夜は眠れなかった。柊日和麗のことが頭から離れない。太宰治の遺書とみられる文書の真偽に、南雲邸での不審死。ほかの問題に忙殺されることで、心の負担はいくらか軽減できる気がした。

古びた三階建てマンションの前で、扇田刑事が立ちどまった。「五人ほどついてきてくれ。あとは路地と裏手を見張るように。杉浦さんはここにいてください」

エントランスにオートロックはない。扇田につづき刑事五人が階段を上っていく。ここは風俗関係者用のマンションで、身分証なしで部屋が借りられるという。家賃は高めになるが、借金取りに追われる者の潜伏先には適していた。吉沢元教授にとっても、ほかに借りられる部屋がなかったのだろう。

三階の外廊下から声がきこえてくる。刑事のひとりが呼びかけた。「吉沢さん。おはようございます。渋谷署の者ですが」

路地には三十代の岩橋のほか、数人の刑事らが散開している。李奈はその端にたたずんだ。阿佐谷の自室にいても落ち着かないが、ここに来ても特にやることはない。扇田刑事には迷惑だっただろうか。

そう思ったとき、路地を歩いてくる人影が目にとまった。白髪頭を七三に分けた、わりと高齢の男性だった。ロング丈の防寒着に、スーツ用のスラックス、革靴といういでたちだった。ありあわせを身に纏《まと》ったかのように、いろも質感もまるで揃っていない。

男性が足をとめた。早朝の路地に刑事らがたむろする、異様な光景に面食らったらしい。

すると岩橋刑事が茫然《ぼうぜん》とつぶやいた。「吉沢さん……？」

それが失踪《しっそう》中の吉沢恭一郎であることは、当人のあわてぶりを見れば一目瞭然《いちもくりょうぜん》だった。吉沢は身を翻すや逃走しだした。刑事らがいっせいに追いかけた。

岩橋がマンションの階上に声を張った。「いました！」

路地にいた刑事らはもう吉沢に追いついている。しかし吉沢は手を振りほどこうと激しく抵抗した。容疑者でもないのに、あくまで警察を突っぱねようとする態度に、刑事らも手を焼いている。大勢で取り囲んだものの、吉沢はその場に座りこみ、身柄の確保を拒絶する意思をしめした。

「離れろ！」吉沢が怒鳴った。「さあ、さあ、ほっといてくれ！　私はきめたんだ。カトリック教徒は告白するとすっきりするというじゃないか」

意味不明な喚《わめ》きだと思ったからだろう、岩橋刑事がなだめるようにいった。「吉沢さん。どうか落ち着いてください」

「落ち着けだと⁉」吉沢は血相を変え、いっそう激昂《げきこう》しだした。「私はいつも冷静だ！」

近くのアパートの窓が次々と開き、住人らがなにごとかと顔をのぞかせる。扇田刑事らも周りに集まってきた。しかし吉沢は脈絡のないことばかり、なおも大声でまくしたてている。たぶん錯乱状態を装っているのだと李奈は思った。

吉沢は地面に這《は》いつくばった。「おお、ワインを飲ませると、あの人があんなにお喋《しゃべ》りになると知っていたら！　真実はこうだ！　きみがいうように、私は退役して戻ってきた」

「退役？」扇田刑事が迷惑顔で吉沢を見下ろした。「いったいなんのことですか」

李奈は歩み寄った。「アレクサンドル・デュマの『二月二十四日』の一節です」

すると吉沢がふいに真顔になり言葉を切った。唖然《あぜん》とした顔を李奈に向けてくる。

近所迷惑な喧噪《けんそう》はやんだ。李奈は静かに話しかけた。「わけのわからないことをいおうとしても思いつかず、おぼえていた文学作品を引用するしかなかったんですね。逆に聡明《そうめい》さの証明になってると思います」

吉沢は当惑のいろとともに口ごもったが、やがて失意に肩を落とした。扇田刑事を見上げ吉沢がたずねた。「例の科学鑑定についてききたいんだな？　話さなきゃ駄目か？」

扇田刑事がうなずいた。「南雲氏が亡くなっていますし、警察としては事情をあきらかにしないと」

「そうか……」吉沢は刑事の手を借りながら、おっくうそうに立ちあがった。しょぼくれた目が李奈に向けられる。吉沢が問いかけてきた。「きみは婦人警官か？　ずいぶん若いな」

李奈はささやいた。「校正者は女性警察官と訂正するでしょう。でもわたしは小説家です」

「ああ、小説家か。太宰治絡みで警察から助言を求められたかな。あいにく遺書らしき文書のコピーを見たいとか、そういう望みには応《こた》えられん」

「なぜですか」

吉沢は刑事らの顔を見まわし、ふたたび李奈に向き直った。疲れきったような表情でつぶやきを漏らす。「じつはな……」

26

ミステリを書いていて、謎解きの章に取りかかるとき、李奈はいつも緊張する。苦労するだけではない、緊張してなかなか書き進めなくなってしまう。

編集者は〝つまり〟と〝はずだ〟〝はずです〟に朱《あか》で丸をつけ、使用頻度を調べる。新人の作家ほど探偵の台詞《せりふ》に、これらを頻繁に用いる傾向があるからだ。KADOKAWAの菊池にいわせれば、〝つまり〟は論理的説明がへたなときに増える。〝はずだ〟〝はずです〟は根拠のなさをごまかすための語尾らしい。いずれについても、〝容疑者から突っこまれて終わりです〟、菊池はいつも朱ペンでそう書き加える。

現実も同じだと李奈は思った。論理や根拠の不備は致命傷になる。犯人を動揺させられたとしても、事実を認めさせられなければ、推論は意味をなさない。

吉沢元教授が捕まった直後、李奈は真相に気づいた。いまや謎のすべてはあきらかになった。だがそれを関係者に伝えるのは、小説の終盤を書くのと同じぐらい難しい。うまく証明できるだろうかと心配ばかりが募る。

とはいえ李奈のなかには、けっして引きかえせないという固い決意があった。純文学は冒瀆《ぼうとく》された。もうこれ以上、作家の純粋な創作魂を、商業主義の犠牲にしてはならない。

出版を金儲《かねもう》けとしか考えない代表格が、きょう初めて南雲邸を訪ねた。田野瀬抄造編集長が姿を現した。彼を筆頭とする鷹揚社の面々が、刑事の案内で二階の書斎を見学したのち、一階に下りてきた。

鷹揚社一行を遊戯室で迎えるのは、南雲亮介が死亡した夜、ここに居合わせた人々だった。『週刊現代』浅井と、『週刊ポスト』山根、『週刊文春』岡野、『週刊新潮』寺島に、『ダ・ヴィンチ』武藤。南雲聡美はまだ喪に服しているらしく、黒のロングワンピースに身を包んでいる。ほかに渋谷署の扇田と岩橋。制服警官らも控える。吉沢元教授はソファで項垂《うなだ》れていた。もちろん李奈も同じく遊戯室にいる。

いま遊戯室に入ってきたのは田野瀬編集長のほか、編集部の現役組からは糸井真菜子と小松由紀、そしてすでに鷹揚社を辞めた兼澤。四人は途方に暮れたようにたたずんだ。

「なんだ?」田野瀬が表情を険しくした。「柊日和麗の追悼本制作に、不可欠な情報があるときいて足を運んだんですがね。こりゃなんの宴《うたげ》ですか」

扇田刑事が歩み寄った。「お掛けください。あなたをお呼び立てしたのは、杉浦先生の要望によるものです。もちろんわれわれも納得したうえで、声をかけさせていただきました」

遊戯室にはたくさんのソファがあったが、もう来訪者であらかた埋まっている。警察関係者は立っているものの、鷹揚社関係の四人が座れば、もう空席はない。李奈も腰掛けたりはせず、扇田や岩橋らとともに、部屋の真んなかに立った。

寺島は脚を組んでいた。「まさかと思うが、関係者が一堂に会して、いまからポアロの謎解きとか？」

李奈の心は醒《さ》めていた。「あいにくポアロは来ません。わたしです」

浅井が身を乗りだした。「杉浦さん。これだけはいっておきます。もし茶番につきあわされたら、うちの『週刊現代』にはありのままに書く。講談社の文芸第二出版部が杉浦さんと仕事していても、そこに配慮はできない」

山根はもっとふてぶてしかった。「うちはこれまで関わってもいないからな。好きなように書くよ」

「はい」李奈はあっさりと応じてみせた。「お好きなように記事を発表なさってください。でもみなさま、スクープをお望みですよね？　いまから真相をお伝えします」

室内の空気が張り詰めだした。『週刊文春』の岡野が真顔で申し立てた。「よければもったいつけずに、まず真っ先に結論はこれといってほしいんですけどね。裁判の取材でも、判決の主文あとまわしには、いつもうんざりさせられるんで」

「結論ですか？」李奈は岡野を見かえした。「そもそも記者のみなさまは、太宰治の遺書と見られる文書が、本物かどうかを気になさってたんですよね？　それについては結論がでてます。吉沢さん、ご説明をお願いします」

誰もがいっせいに吉沢恭一郎を見つめる。京大元教授で、法科学鑑定研究所でも働いた、その道ひと筋のエキスパート。それがいま吉沢はくたびれたスーツ姿で、七三分けの白髪も乱れがちだった。ゆうべは遅くまで飲んでいたらしく、二日酔いのようなだらしなさがうかがえる。自暴自棄な態度も垣間《かいま》見える。

吉沢は充血した目を床に落とし、深くため息をついた。「偽物だ」

室内はしんと静まりかえった。浅井記者が問いただした。「はい？」

「いちど喋ったらちゃんときけ。偽物だといった」

寺島が組んでいた脚を下ろした。「あのう。どういう意味ですか。太宰の遺書とみられる文書が、科学鑑定で当時の紙と墨汁だと証明されたんですよね？」

吉沢の顔がわずかにあがった。上目づかいに記者たちを眺める。唸《うな》るような声を吉沢は響かせた。「主文あとまわしは嫌だといったな。要望どおり結論だけ伝える。当時の紙と墨汁じゃなかった。令和になってからの製紙だ。墨汁が精製されたのもつい最近だろう。調べてもいないが」

「調べてない!?」寺島がひとり立ちあがった。「科学鑑定したんじゃないんですか」

「してない。したように返事しろとはいわれた」

「誰にですか」

「そんなものは……。ノーコメントだ」

「なぜ嘘をついたんですか」

「嘘だなどと……」吉沢は弁解に嫌気がさしたように吐き捨てた。「借金を清算する必要があった！　この国の法律は理不尽だ。自己破産も認められないときてる」

「ギャンブルで作った負債だからですか。誰かに借金を肩代わりするといわれ、事実と異なる鑑定結果を報告したと？」

「報告などしていない。書面は一枚も……」

「でも口ではおっしゃったんですよね？　やってもいない科学鑑定をやったといった。太宰の晩年と同時期の紙と墨汁だと判明したとも」

　扇田刑事が冷静な声で告げた。「ある官僚が私物の文書の科学鑑定を、個人的に吉沢氏に依頼するところから始まりました。正式な調査ではなかったので、まず簡単に口頭で返事をするぶんには、なんら問題もありません。吉沢氏は第一報として、紙と墨汁が古い物だと伝えた」

岡野記者が血相を変えた。「その後すぐ行方をくらましたじゃないですか！　しかもなんの追加情報も寄越《よこ》さなかった。官僚は吉沢さんの報告を信じ、それを踏まえたうえで筆跡鑑定にまわしたんでしょう。無責任ですよ」

吉沢が声を荒らげた。「そんな堅苦しい依頼じゃなかった！　官僚を務める人物の私的な要請だ。彼も文書がなんなのか、漠然と知りたいと思っただけで、さほど興味を持ってるわけじゃなかった」

「……吉沢さん」岡野が低い声できいた。「そもそも官僚とは誰です？」

「最近亡くなった私の旧友、向居《むかい》という事務次官の息子だ。親子ふたりとも、むかしからの知り合いでな。官僚になった息子のもとに郵送物がきた。父親が地方の銀行の貸金庫に預けた中身だと書き添えてあった。それがくだんの文書だったんだ」

「ちょっとまってください。伊勢元酒店の関係者の子孫宅に保管されていた、そう報じられていましたよ？」

「向居の実家がかつて伊勢元酒店の取引先だったのは事実だ。そこから父親が相続品を貸金庫に預けたと解釈した」

「それが偽物だったってことは……。先祖の遺品だと第三者が偽り、官僚につかませた可能性が生じますよね。しかも最初に鑑定を請け負ったあなたは、誰かから金をもらい、古い物だと証言したわけでしょう。太宰の遺書のでっちあげに加担したんですか」

吉沢がじれったそうに抗弁した。「庶民にはわからんだろう。代々官僚を輩出するような名家にはよくあることだ。家系の相続品が思わぬところから見つかっては、価値をたしかめるため専門家にまわす。いちいち大きく取り沙汰《ざた》しない。高価な物だと証明され、鑑定書が添えられてから、ようやく存在をちゃんと意識する」

「でもあなたがたとえ口頭でも、太宰の時代の紙と墨汁だといったから、南雲氏が筆跡鑑定を引き受けることになった。申しわけないと思わないんですか」

「思わない。南雲先生のほうから、官僚親子と私に連絡があったんだからな。なにか筆跡鑑定を手伝えるものはないかと」

「……南雲さんのほうからのアプローチだったというんですか？」

南雲聡美が陰鬱《いんうつ》な面持ちでささやいた。「夫は長いこと働いてきましたが、仕事には常に貪欲《どんよく》で……。頻繁に知人に電話し、鑑定依頼を募っていたのはたしかです」

寺島記者が顔をしかめた。「あきれたな。こりゃ讀賈新聞の飛ばし記事だ。もともとあそこの記者には飛ばしの傾向があったが、その悪癖をまんまと第三者に利用された」

「ああ」山根記者が鼻を鳴らした。「そういうことか。官僚からの依頼を受けた科学鑑定の第一人者が、太宰の時代の紙と墨汁だといった。次に筆跡鑑定の第一人者が興奮の声をあげた。文科省の発表というより、会見のついでの雑談レベルだったかもしれない。讀賣はそういうのを片っ端から拾い、フライングぎみに記事にしちまうから」

浅井記者もやれやれという顔になった。「速報を急ぐばかりで裏取りを怠り、さももっともらしく書いちまう。一部の新聞で顕著だ。どこぞの市役所の臨時職員が、海外のゲーム大会で優勝したとホラを吹いたら、上司が真に受けて記者会見で発表、地方紙の記事になったことがある。それと似たような話だ」

岡野記者が苦笑した。「うちじゃ絶対にありえませんよ。〝文春砲〟が的外れじゃ、世論から猛反撃を食らうんでね。裏取りは絶対に欠かせない。ひとつの案件に複数の記者を投入する。でも新聞は予算削減が厳しく、担当がひとりのケースも増えてるとききます」

山根がうなずいた。「訴訟沙汰《ざた》はご免だからな。ニュースソースはきちんとたしかめる。偽の遺書を作成した誰かが、フェイクニュースをでっちあげるため讀賣をせっついて、文科省職員の雑談を拾わせた可能性もある。この業界に詳しい何者かのしわざだ」

「……とはいえ」寺島はソファに腰を下ろした。「なぜ南雲先生はあんなに目を輝かせてた？　本物まちがいなしといわんばかりだったが」

聡美がすかさずいった。「夫は嘘つきじゃありません。鑑定にもプライドがありました。お金で事実を曲げるなどありえない話です」

李奈は一同を見渡した。「そのとおりです。物証はないですが、からくりは単純だとわかります。吉沢元教授からまわってきた偽の遺書だけでなく、比較用に提供された太宰の直筆の書も、同一人物の手による偽物だったんです」

「なんだと？」寺島記者が李奈を見つめた。「たしかにそれなら鑑定結果も本物とでるだろうが……」

岡野記者が口をはさんだ。「ありえません。あれらはすべて日本近代文学館の図書資料部から借りた、正真正銘の本物だったんですよ」

だが李奈は首を横に振ってみせた。「南雲氏が鑑定のため机に向き合っているときには、それらが偽物だったんです」

けでは……?」

「ってことは」岡野が信じられないという顔を聡美に向けた。「前もって偽物にすり替えられ、南雲氏が亡くなった直後にまた本物に戻された。それができるのは奥様だけでは……?」

寺島が硬い表情になった。「ありうる。奥さんなら旦那《だんな》が席を外した隙に、書斎にあったそれらに手をつけられる。火災を消しとめたあと、俺たちは警察を迎えようと一階に下りた。二階には奥さんひとりだった」

聡美は悲痛にうったえた。「そんなことはしてません!」

山根記者が腰を浮かせ、足ばやにドアに向かいだした。

行く手に岩橋刑事が立ちふさがった。「どこへ行くんです」

「編集部に報告ですよ」山根がいった。「二度の鑑定はどっちもでっちあげ。南雲氏はさも本物のごとく触れまわったのち殺された。太宰の偽遺書を本物だと見せかけようとした勢力がいて、奥様はその加担者です」

岡野記者も立ちあがった。「私も上に報告します」

扇田刑事が声をかけた。「まってください、おふたりとも。山根さん、偽の遺書を本物だと見せかけようとした勢力とおっしゃいましたね。何者ですか」

「知らんよ」山根が苛立《いらだ》ちをのぞかせた。「官庁や新聞社のいい加減さを知る連中が悪戯《いたずら》を仕掛けた。いや人の口を封じているわけだから、もはや悪戯という段階ではないな。そっちの捜査はおまかせしますよ。うちはまずこの異常事態を報じないと」

聡美が涙ながらに主張した。「わたしは夫を尊敬してました。仕事の邪魔なんかしません。おっしゃるような小細工を弄《ろう》したと思われるなんて心外です」

記者たちは沈黙した。だが今度は鷹揚社の田野瀬編集長が席を立った。退室しようとする田野瀬を、やはり刑事らが阻止にかかる。

田野瀬が反撥《はんぱつ》した。「どいてくれませんか」

扇田刑事は譲らなかった。「座ってください」

「うちとはまるっきり関係のない話ばかりで退屈だ。忙しいのでこれで」

李奈は田野瀬に歩み寄った。「おかけください」

「杉浦さん。きみが柊日和麗と並んで本屋大賞にノミネートされ、ふたりとも落選した間柄なのは知ってる。それ以上でもそれ以下でもないだろう。別件に俺たちを呼びだして意味不明な議論を……」

「意味不明じゃありません！」李奈は思わず声を張った。「小説でいえば謎解きの章はあと二十七ページというところです。辛抱できない時間じゃないでしょう。ここにいる誰にとっても重要な真相が、これからあきらかになるんですよ！」

みな絶句する反応をしめした。沈黙は長くつづいた。岡野記者がため息とともに席に戻っていく。山根記者も渋々したがった。

田野瀬編集長はなおも立っていたが、やがて神妙な面持ちになると、李奈に小声で告げてきた。「リーダビリティを煽《あお》るのがうまいな。これが小説なら、みごと先を読みたくなる。きみにはパブリシティの才能がある。うちの広報で働かないか」

本気で誘っているわけではなさそうだった。むしろ皮肉にちがいない。田野瀬は返事をまたずソファに戻り、どっかりと腰を下ろした。

室内はまた静寂に包まれた。李奈は部屋の真んなかに立った。「南雲氏は二階の書斎に閉じこもり鑑定を進めました。その最中、鑑定結果をまちきれない記者のみなさんが、このお屋敷に押しかけた。まず浅井さんと山根さんが、その後は寺島さんと岡野さんが訪ねてきた。南雲氏は一階に下りてきて、みなさんに挨拶《あいさつ》した」

寺島記者が『ダ・ヴィンチ』の武藤記者を横目で見た。「あのときと同じように、ずっと黙ってるな？　どうかしたのか」

武藤記者は戸惑いをしめした。「いいえ。なんでもありませんよ。ただ杉浦さんの話に耳を傾けてるだけです。うちの社員は杉浦さんの凄《すご》さを知ってるので」

李奈はかまわずつづけた。「南雲氏は記者のみなさまの期待を煽りました。首相や有名女優も証言したとおり、南雲氏はおおいに興奮していたそうです。いったいなぜそんなに興奮していたんでしょうか」

岡野記者がいった。「そりゃ本物だと確信したからでしょう」

「でも変じゃないですか？」李奈は岡野を見かえした。「太宰の遺書と、比較用に用意された太宰の直筆サンプル、どちらも偽物。いずれも遠目には太宰の書に見えるていどには似せてあったとします。両者の比較にかぎれば、同一人物の手による書と結論がでるでしょう。でも南雲氏は筆跡鑑定の第一人者ですよ？」

たったそれだけで太宰治が書いた遺書だと信じるだろうか。

遺書とみられる文書と、比較用サンプルの筆跡が共通していた。ならば次の段階に進むのではないか。ほかの太宰の直筆も残さず検証し、本人の真筆かどうか、さらに多角的な検証を試みるだろう。

ネットで検索するだけでも、いくつかの太宰の書が閲覧できる。それらを展示している施設もある。まだ本物と結論づけるには早すぎる。なのにどうして興奮していたか。

李奈はいった。「本物の可能性あり、まだそんな段階にすぎなかった。でもそれだけで南雲氏は興奮して知人に触れまわった。遺書が本物だという以上に、南雲氏を昂《たか》ぶらせる理由がほかにあったからです。すなわち遺書の内容が、南雲氏を喜ばせた。文字どおり狂喜乱舞させた」

「狂喜乱舞？」寺島が頓狂《とんきょう》な声をあげた。「『グッド・バイ』が本物の話だったと書いてあったんだろ？　それが南雲氏にとって喜ばしい告白だったのか？」

「ええ」李奈はうなずいてみせた。「なぜそんなに嬉《うれ》しかったのか。どういう心境なら、『グッド・バイ』が太宰の実体験であると知って、興奮するほど喜べるのか。答えは共感にあります。南雲氏は共感したんです。天下の文豪が自分と同じ苦しみを抱いていたとわかり、救われた気になったんです」

「まった」寺島が片手をあげた。「同じ苦しみを抱いてたってのは、要するに……」

「〝多情な奴に限って奇妙にいやらしいくらい道徳におびえて、そこがまた、女に好かれる所以《ゆえん》でもある〟。〝愛人を十人ちかく養っている〟。でも〝独身では無い〟。一方で『とし』のせいか〝全部、やめるつもり〟でいる。なのに遺書には、別れようとすれば愛人に情が移り、死ぬほどの罪悪感をおぼえ、結局〝別離百態〟を断念したとありました」

「……南雲氏もそうだったっていうのか？」

「鑑定の第一歩、本物の可能性が生じただけで、喜びのあまり興奮して、知人に触れまわった。雑誌でも広く報じてほしいと望んだ。自分の境遇と苦悩がそのまま書いてあったがゆえ、ひとりではなかったとの救われた思いに浸る。そこに強い共感が生じるんです。太宰の書と信じて読んで、しかも興奮したのなら、それ以外に説明がつきません」

一同の唖然《あぜん》とした顔が、また聡美ひとりに向けられる。今度の聡美は反応が異なっていた。身を硬くしたまま焦燥のいろを浮かべている。

李奈は聡美に歩み寄った。「南雲氏の愛人が何人いたかはわかりません。愛人とつきあっていると、あなたに堂々と宣言したとも思えない。でも暗黙の了解でしたよね。鑑定助手か秘書か、なんらかの名目で女性を書斎に迎えいれるのが常でした。なかでなにをやってるかはわからない。防音室ですから」

聡美の表情が極度にこわばった。周りの人々の顔いろを探るように、視線をあちこちへと投げかける。誰もが聡美に注目していると知るや、かえってあきらめがついたのか、聡美は肩を落とした。深く長いため息をつき、猫背になり床を眺めた。

夫を失ったとき以上の憔悴《しょうすい》のいろが浮かぶ。聡美はぼそぼそとつぶやいた。「あの人は若い娘《こ》が好きで。忙しくても、いえ忙しいほど、女の子を招くの」

李奈は聡美に問いかけた。「事件当日も女性が来ていたんですよね。というより、前日から来ていたところに、記者さんたちが押しかけてしまった」

浅井記者がぎょっとした。「なに!?　じゃ僕らがいるあいだ、二階の仕事部屋にはずっと……」

「はい」聡美は蚊の鳴くような声でささやいた。「女性がいました。夫が複数の娘《こ》とつきあってることはありましたが、最近はそのひとりだけです」

寺島記者が呆気《あっけ》にとられたようすだった。「なんてこった。女は俺たちが一階にいたせいで、ずっと帰れなかったのか?」

「そうです」聡美が認めた。「帰るに帰れないんだろうとは思いました。でも二階にはトイレもあるし、誰も階段を上ってはいけないとお願いしましたから、鉢合わせすることはないだろうと。その気になれば廊下の窓から、裏の塀に足をかけ、外にでられるのですから」

「奥様はそのことを知ってたんですか」

「……前にも女の子がそうやって帰って行ったことが、何度もありましたから」

記者たちが一様に呆《あき》れ顔になった。そんななか田野瀬編集長が身を乗りだした。

「あいかわらず、うちになんの関係があるのかわからないが、多少は面白くなってきた」

糸井真菜子が不快そうな面持ちになった。「そうでしょうか？　わたしはきいても仕方がないと思います」

兼澤が真菜子にたずねた。「なんでそんなふうにいう？　まだ先があるじゃないか。それとも杉浦さんの話をきくことに、なにか不都合でもあるのか」

田野瀬編集長が李奈を見つめてきた。「杉浦さん。探偵ショーを楽しく鑑賞させてもらってるが、ここいらで佳境といこうじゃないか。さっき刑事から事件のあらましをきいた。二階の密室で南雲氏が亡くなったんだよな。愛人が犯人なのか？　ならそれは誰だ？」

全員の射るような視線が李奈に突き刺さる。あがり症の李奈だったが、いま心拍は速まっていなかった。どうしても真実をあきらかにしたい、その思いのほうが勝っているからかもしれない。

李奈は室内をうろついた。戯言《ざれごと》に近いと思いながらも、頭に浮かんだことを口にする。「ミステリの読者のなかには、登場人物を全員、片っ端から脈絡もなく疑う人がいます。そういう人は根拠もなく、ただ怪しいからとか、怪しくない素振りをしているから逆に怪しいとか、そんな理由で登場人物を疑うんです。ちゃんと推理しない。なのに真相が明かされると、最初からわかってたと鼻息を荒くする」

寺島が怪訝《けげん》な顔になった。「なんの話だ？」

「怪しいと思ってたというだけじゃ、犯人をいい当てたことにはならないんです。根拠をしめさないと。でもわたしも読者の立場だったら、この人だろうなぐらいは、たぶん感じたと思います。根拠がひとつもなくても、いかにも犯人っぽくない人が犯人。それがミステリの定石なので」李奈は立ちどまった。「ですよね？」

目の前に座る小松由紀が、愕然《がくぜん》とした表情で李奈を仰ぎ見た。あわてたようすの由紀が周りに目を向ける。列席者らが驚きのまなざしで由紀を凝視する。

うろたえながら由紀が弁明した。「わたしじゃありません」

李奈は由紀を見下ろした。「ポアロって謎解きの最中にも、犯人以外の容疑者を、いかにも犯人みたいにいうじゃないですか。あれってアガサ・クリスティーが、やっぱ読者をからかってるんでしょうね。ほら当たったと思わせておいて、じつはちがうとか。わたしにはそんな余裕はない」

由紀は目を丸くしたまま、ひきつった笑みを浮かべた。「それって……。どういう意味ですか？　わたしじゃないといってるでしょう？」

「否定しても証人がいます」李奈はその場を離れながら、聡美に視線を投げかけた。

聡美はためらいをしめしたものの、すぐに吹っ切れたのか、澄まし顔をまっすぐ由紀に向けた。由紀は動揺をあらわにしたが、どうにもならないらしく、ただ黙ってうつむいた。

鷹揚社関係の三人が揃って唖然としている。兼澤が由紀を見つめた。「そんな……。小松さん。まさかきみが……」

田野瀬編集長が李奈に向き直った。「うちの小松が、南雲氏のそのう……。愛人だったとしてもだ。南雲氏が亡くなった件には関わっていないんだろ？　偽の太宰の遺書だとか、そっちにも」

室内のほかの人々は黙りこくっていた。しかし無言のうちに同じ問いかけをしてくる。李奈はふたたび由紀の前に立った。「わたしも経緯のすべてを知ってるわけじゃありません。ご自身で説明なさいますか」

由紀の顔がゆっくりとあがった。潤みがちな目が李奈をじっと見つめる。ささやくような声を由紀が漏らした。「証拠は……？」

一同の視線が李奈に移る。李奈は静かにいった。「ここから少し離れた路地にビニール袋が落ちてました。内側から南雲氏の汗や唾液《だえき》、毛髪が発見されたんです。でも少量、女性の唾液もあった。なぜ女性のほうは汗や毛髪がなく唾液だけなのか」

山根記者がつぶやいた。「愛人ならキスはしてるよな。南雲氏の口についてたんだ」

扇田刑事の低い声が反響した。「唾液のDNA型の分析は終わっています。小松さんの唾液も、令状により病院から提出を受けました。結果はご説明するまでもないかと」

由紀がため息をつき、また床に目を落とした。

「令状」浅井記者が感嘆に似た声を漏らした。「裁判所を納得させるだけの根拠を、杉浦さんが提示できたわけか」

武藤記者が当惑をしめした。「南雲氏はビニール袋をかぶって窒息したんですか？　小松さんと一緒に部屋にいるときに……」

李奈はうなずいた。「鍵《かぎ》をかけた密室で、南雲氏は情事と並行し、鑑定の仕事を進めました」

岡野記者が妙な顔をした。「たしかにベッドみたいな三人掛けソファはあったが、そこで女と遊んだり、机に向き合ったりか？　忙しいんじゃないのか」

寺島記者がうんざりしたようにささやいた。「ご婦人もいるなかで、こんな話をするのは気が引けるが……。男の場合は終わってすぐ頭が切り替わる。しばらくの時間は仕事に集中できる」

李奈はその話題を長引かせる気になれなかった。「密室にふたりきりです。机に向かった南雲氏の背後に忍び寄れるのは小松さんしかいない。ビニール袋を頭にかぶせ、窒息させました」

田野瀬が身を退かせた。「小松が……殺したってのか？」

由紀は顔面を紅潮させていたが、もううつむいてはいなかった。どこか醒《さ》めた目を田野瀬に向けた。田野瀬は気圧《けお》されたように黙りこんだ。

室内でなにがあったかは推測がつく。すべては計画的犯行だった。由紀は偽の遺書を回収、代わりに白紙を置き、持参したライターオイルを撒《ま》いた。

それ以前に、由紀は部屋に招かれてすぐ、ある行動を起こしていた。南雲の目を盗み、太宰の直筆サンプルを、こっそり偽物にすり替えておいた。南雲を窒息させたのち、それをまた本物に戻した。

兼澤が李奈にきいた。「それで白紙に火をつけたって？　室内に煙が充満すれば、小松さんも酸欠になっちまうだろう」

「いいえ」李奈は否定した。「小松さんの事務机には携帯用酸素ボンベがあったじゃないですか。マスクを鼻と口にあて、ワンプッシュで二秒間。圧縮酸素は七十回噴出されます。階下ににおいが達し、奥様が駆けつけ消防に通報。渋谷消防署の松濤出張所から三分。それまではなんとか持ちます」

寺島が李奈を見つめてきた。「ところが俺たち記者連中が押しかけてたから、いっそう早く火は消しとめられた」

「そうです。消防隊員は消火確認後、遺体を搬出すると、いったん全員退去します。しばらくしてから部屋に戻り、警察とともに現場検証を再開するんです」

「知ってる。有毒ガスが発生していた場合を懸念してのことだ」

「夫のほかは誰もいないと聡美さんが証言すれば、消火時にはクローゼットが開けられません。二階が無人になった隙に、小松さんは物証を手に、廊下の窓から逃げるつもりでした」

「まってくれ。まるで奥様が共犯のようにきこえるが？」

「ええ。もともと小松さんの訪問を、聡美さんは知ってたんです。あの日には別の合意事項もあった」李奈は聡美に問いかけた。「ですよね？」

聡美が両目を閉じ、またため息をついた。「おっしゃるとおりです。もう何か月も前に、わたしは耐えきれなくなり、小松さんを呼びだしました。小松さんは泣いて詫《わ》び、自殺するといいました。ショックでした。わたしは小松さんにいいました。そんなことをしなくても、わたしが夫を殺すって」

室内の誰もが凍りついたように、身じろぎひとつしなかった。そのさまは一枚の写真のようだった。

妻と愛人が共謀した。そうとわかれば、なにがあったかは明白だった。密室での火災と南雲の窒息死が偽装された。聡美と由紀は、煙が充満するなかでの死因が一酸化炭素中毒になる、そこまでは考えていなかったのかもしれない。ただ窒息させ、火事の現場で発見されれば、疑いなど生じないと思ったふしもある。

状況から判断するに、ビニール袋をかぶせられた南雲は、まだ死に至っていなかったのだろう。息があったから煙を吸いこみ、本当に一酸化炭素中毒に陥り、意識が戻らないまま絶命してしまった。だが由紀は当初から南雲が死んだと信じた。ビニール袋を脱がせ、火災を発生させた。パソコンのデータを消去、空き領域を復旧不可能にするため、無意味なデータを増殖させるアプリをインストールしておいた。ライターオイル缶やビニール袋、携帯用酸素ボンベを手に、由紀はクローゼットのなかに潜んだ。ドアに内側から鍵がかかった状態で火事が起きたことにするため、由紀は室内に居残らざるをえなかった。

当初からの計画的犯行であることをしめす証拠もある。由紀は部屋に置かれた食事にいっさい手をつけなかった。南雲以外が食べていれば鑑識によるDNA鑑定でわかる。

由紀がささやいた。「少ない給料を補うために、愛人関係が前提のマッチングアプリに登録して、南雲さんと知り合いました。でも奥様を苦しめているのが辛《つら》くて……。いつかは終わらせたいと思ってましたから」

田野瀬編集長がうろたえだした。「給料の額は編集部じゃきめられない。私に責任はない」

『週刊現代』『週刊ポスト』『週刊文春』『週刊新潮』『ダ・ヴィンチ』の記者らは、南雲邸に押しかけようと画策した。そのきっかけは紀伊國屋書店でのサイン会で菊池が言及した。南雲さんの奥さんが、週刊誌記者らの問い合わせに対し、よければいらしてくださいといったからだよ。筆跡鑑定の報告書があがるのはいつかと、記者たちが毎日のようにたずねるからね。水曜に報告書ができるときいてるから、その日に来ていいって。

聡美はわざと記者らを招いた。南雲は驚いたにちがいないが、勝手に押しかけられたと聡美は説明した。

むろん南雲は由紀が書斎にいることを、記者らに伏せざるをえなくなった。南雲が一階に下りてきたとき、聡美はこっそり伝えただろう。おひとりでいることにしておきましたと。

南雲は二階廊下の窓から早々に由紀を逃がそうとしたかもしれない。けれども由紀は帰るのを拒否し、そのまま密室内に留《とど》まった。由紀は南雲を窒息させ、火災を発生させたのち、クローゼットに潜んだ。携帯用酸素ボンベでしのぎながら、記者たちが部屋に飛びこんできて、消火するのをまった。

死体がある部屋に留まっていられる者はまずいない。パトカーを迎えようと、記者らは一階に下りていった。聡美は廊下にへたりこんでいた。もし記者の誰かが聡美に手を貸し、階下に連れて行くことになったとしても、それでかまわなかった。由紀はひとりでクローゼットをでて、二階廊下の窓から裏手に逃げるだけだ。むろんビニール袋やライター、ライターオイル缶、携帯用酸素ボンベも持ち去った。

由紀が脱出したのち、ただちに窓を内側から施錠できないのだけがネックになるが、それは聡美が騒動のなかで対処すればいい。事実として二階にほうっておかれた聡美は、由紀の逃亡を手助けしたのち、予定どおり窓に鍵をかけた。窓枠から指紋も拭《ふ》きとっておいた。

おそらく由紀は極力指紋を残さないようにしていただろうが、クローゼットに潜む直前にも、指紋や汗が残りそうな場所を拭いたり、長い髪を拾っておいたりしただろう。由紀の脱出後、二階でひとりになった聡美も、もういちど室内を手早く拭いたにちがいない。遺留物をひとつ残らず消しきれなくても、大勢が踏みこんだ火災現場であり、それ以前にも清掃業者が多く出入りしていた。素性を特定しきれないＤＮＡ型は複数検出されている。

そうして由紀のいた痕跡《こんせき》は皆無になった、そのはずだった。けれども由紀は路地にビニール袋を落としてしまった。

兼澤が腑《ふ》に落ちないという顔になった。「南雲氏を死なせるにしても、なぜわざわざ火事を起こす必要があった？　小松さん自身も焼死する危険があるじゃないか」

李奈はいった。「もうひとつの目的を果たすためです。そっちのほうがむしろ重要だったでしょう。柊日和麗の遺作を大ベストセラーにすることが」

「……なに？」田野瀬編集長が目を瞠《みは》った。「また話がわからなくなった。どういう意味だ？」

由紀の視線は落ちたままだった。また小さくため息を漏らす。しかしその表情は、さっきまでとはちがっていた。悲嘆に暮れたまなざしが、徐々に冷静さのなかに埋没していく。

「やっぱり」由紀はあきらめに似た声を響かせた。「そこまで気づいてたのね」

聡美が戸惑いをしめした。「小松さん……？　どうしたの？　なに？」

彼女の真意に気づいていないがゆえの困惑だろう。李奈は由紀を見下ろした。「あなたは柊日和麗さんから新作の原稿を受けとった。それをどうあっても売らなきゃいけなかった。編集長による過度のプレッシャーに苦しんでいたから」

「……想像を絶する」由紀はつぶやいた。「パワハラの痛みは受けた人間にしかわからない」

田野瀬編集長が口もとを歪《ゆが》め、弁解じみた口調でいった。「小松。そんなに大げさにとらえなくても……」

扇田刑事が咎《とが》めた。「すみません。いまは黙っていてもらえますか」

李奈は由紀に語りかけた。「原稿を読んだあなたは複雑な気持ちになったでしょう……」

「複雑って？」由紀の目に憤りのいろが宿りだした。「わたしは激怒した。彼が許せなくなった」

心に深く突き刺さるものがある。李奈は小さな声を絞りだした。「彼に思いを寄せていたんですね」

柊の恋愛感情は由紀にではなく、李奈に向けられている。小説からそのことが如実に読みとれる。由紀は憎悪の念を募らせた。だが一方で、柊の新作をベストセラーにしなければならない、その宿命にも追われていた。

本を売るためにプロモーションは頼れない。田野瀬編集長は宣伝に金をかけない。使える手段はパブリシティしかない。

それらのすべてから導きだされる結論はひとつだった。小説の主人公と同様、作者が死んでしまえばいい。衝撃的な自殺の内幕を綴《つづ》ったノンフィクションなら、パブリシティもおおいに有効だろうし、世間への訴求力にも期待できる。

李奈の胸のうちは冷えていった。「小松さん。『珊瑚樹』の結末を書き換えたでしょう」

由紀は無表情になっていた。「どうしてそう思うの」

「作家は体感的な記述の順序に癖がある。柊さんの場合は明暗、色彩、におい、音、感触の順番。ごく稀《まれ》に音と感触が入れ替わるだけ。なのに投身自殺の直前の章から、そのセオリーが大きく崩れてる」

「……あー。編集者の限界ってやつ。ファンの目には絶対にかなわない」

「入水自殺を前提にした『珊瑚樹』って題名もちがう。本当の結末は？」

「あなたと結ばれる」由紀の尖《とが》った目が李奈を見上げた。「元の原稿を探しても見つかりはしない。わたしがデータを削除した。絶対に復旧できないぐらい徹底的に」

感情に流されてはいけない。李奈は冷静に努めた。「聡明《そうめい》なあなたは、パブリシティの効果を検討したでしょう。失踪《しっそう》だけなら売名に受けとられるけど、本当に死んだとなれば重みがちがう。でももうひとつ危惧《きぐ》があった」

「そう」由紀が淡々と応じた。「じつは死ぬつもりがなく、本を売るための狂言だったのに、本当に死んでしまった。そんなふうに軽んじられたら終わり。あいにくそうみられる可能性は充分にあった。柊は無名だし、鷹揚社はその手のパブリシティ狙いばかりだし」

「あなたの脳裏には、柊さんの水死体が発見されたのち、世論がどうとらえるか浮かんだでしょう。ワイドショー番組がこの問題をどのようにとりあげるか。SNSや掲示板でどんなふうに議論されるか」

「杉浦さんって、やっぱ頭がいいのね。まさしくそう。宮根誠司《みやねせいじ》がなにを喋《しゃべ》るか、どんなツイートがバズるか、自然に思い浮かんだもん。みんなわかったふうな態度で、絶対に太宰治に言及する」

「太宰との比較で、柊さんの死が、真面目なものととらえられるかといえば……」

「ない。小山初代との心中未遂は『姥捨』をパブリシティに取りあげさせるための芝居だし、ほかの自殺騒動もそう。山崎富栄との入水自殺も、それを小説に書いて売る目的で、最初から未遂に終わらせるつもりだった。さも本当らしく思わせるために、身辺整理をしたり遺書を書いたりした」

「……あなたがそう思いこむのは、田野瀬編集長からパブリシティ至上主義を刷りこまれすぎたからでしょう。太宰はもっと繊細だった。思いをそのまま小説に綴ろうとしただけ」

「なんでわかるの？　そんなこと」由紀はため息をついた。「あなたみたいなファンがいるから、パブリシティが功を奏して、本がどんどん売れるんだよね。まんまと消費者を手玉にとってる。太宰が悲劇の主人公を演じつづけた手腕はおみごと」

「太宰のすべてが本を売るための芝居にすぎないと思ってるのね」

「喜劇役者だって本人もいってたでしょ」

「田野瀬編集長の指導に毒されすぎてる」

「あなたこそ現実を見てよ。柊日和麗の遺作を報じるメディアは、太宰を引っぱりだしても、けっして小説家の崇高な死という捉《とら》え方はしない。むしろ現代的な解釈で、太宰の死も宣伝目的だった可能性が濃厚、そっちへ傾くだけ。熱心な文学ファンを除き、小説家は本を売るために自殺未遂まで起こす、そんな一般論が横行し始める」

その見方は正しい。『ロビンソン・クルーソー』『ガリバー旅行記』と同じだった。ラジオドラマ『宇宙戦争』は、それらの前例によりモキュメンタリー手法を許されたりはしなかった。むしろ『宇宙戦争』を機に、本を売るべく現実の話に見せかけようとしたやり方までが、ひとまとめに糾弾されるようになってしまった。

現代でいえばステルス・マーケティングが忌み嫌われるのと同じだろう。新作がステマを見抜かれたら、過去に流行したいくつかの類似する例も、たぶんあれらもステマだったと色眼鏡で見られる。むしろ悪しき前例として、揃って価値を貶《おとし》められることもありうる。

柊日和麗の遺作は冷笑される恐れがあった。太宰治が宣伝目的の自殺未遂を繰りかえしたという、そんな仮説の声ばかりが大きくなり、柊日和麗を糾弾する根拠にされてしまう。本当は太宰がなぜ死んだかわからないのに、もっともらしい裏付けのごとく喧伝《けんでん》されがちになる。皮肉屋や犬儒派が跋扈《ばっこ》するSNSの時代には、おおいに生じうる現象だった。

李奈はつぶやいた。「そんな危惧を払拭《ふっしょく》する方法がひとつある。太宰の自殺が宣伝目的でなかった、そんな前提を世論に浸透させること。自殺未遂から山崎富栄との心中まで、小説の主人公と同じく、繊細で複雑な動機があったと解釈されれば、作家が死を選ぶことが重く受けとめられるようになる」

寺島記者が目を剝《む》いた。「まさか！　そのために偽の遺書をでっちあげたってのか？」

由紀は眉《まゆ》ひとつ動かさなかった。「まさかって？　南雲さんは有名な筆跡鑑定士でしょ。うまく利用できると思った。太宰の手帳メモや、これまで見つかった遺書をもとに、不自然な真似にならないていどに、できるだけ近づけて書くよう練習した。遠目に区別がつかないていどで充分だった。わたしが五通目の遺書を綴ったの」

李奈は念を押した。「内容はわざと南雲氏の共感を得られるようにした」

「そう。『グッド・バイ』に絡めたうえで」

由紀にも文才があることはたしかだ。『珊瑚樹』の終盤は、うっかりすると李奈もだまされてしまうぐらい、秀逸で美麗な文体で締めくくられていた。偽の遺書は南雲を興奮させたうえ、又聞きの世間の関心を喚起させた。太宰の遺作『グッド・バイ』が実話、そんなキャッチーな話題を内包していたからだ。これこそ田野瀬によるパブリシティ教育のたまものだっただろう。

新聞記事になったのも偶然とは考えにくい。李奈は由紀にたずねた。「讀賣新聞に情報を売りましたね」

「ええ。官僚親子が南雲さんの旧友だと知ったから」

伊勢元酒店の関係者の子孫である文科省官僚が、科学鑑定で有名な吉沢元教授に、太宰の五通目の遺書とみられる文書を預けた。吉沢は当時の紙と墨汁だといった。

山根記者が吉沢元教授を睨《にら》みつけた。「あなたも小松さんから共犯を持ちかけられたのか」

「とんでもない」吉沢が取り乱しながら弁明した。「私のもとへは、かなり高額な前金が送られてきただけだ。心当たりのない差出人名の現金書留で……。そのう、むかしの紙と墨汁だというだけで、さらなる報酬がもらえると……」

「太宰の新たな遺書発見と、ニュースになってるのをご存じだったでしょう」

「知っとるよ。だから雲隠れした。それも協力内容に含まれとったからだが」

由紀は南雲をそそのかし、仕事の口があるかどうか、官僚に問い合わせるよう仕向けたのだろう。首尾よく吉沢の手から文書がまわってきた。南雲が夢中になったのを確認し、讀賣新聞が取材に動くよう仕組んだ。出版業界の人間なら匿名での情報提供のやり方も心得ている。裏取りを省きがちな讀賣新聞が、飛ばし記事を書くことを由紀は予想していた。

寺島記者が深刻な面持ちでつぶやいた。「考えたな……。たしかに太宰は死ぬつもりがなかったという説が、昨今ではわりと有力になっていた。新たな遺書はその考察を払拭する効果があった。『グッド・バイ』に言及したことで、主人公と著者を重ね合わせる作家論が、ふたたび台頭するようになる。小説はそれだけ存在感を増す」

李奈は由紀を見下ろした。「燃やしたのが白紙と見抜かれたのは計算外だったんでしょ？」

「そう」由紀が鼻で笑った。「警察の鑑識って優秀ね。遺書は灰になって、永遠に検証不可能になるはずが……」

「まだどこかにある可能性が残ってしまった」

「そう。見つかったら再鑑定、結論はそれからだなんて、冷静な声があがるようになった。おかげで社会的ムーブメントとしてはいまいち」

「現状で柊日和麗著『珊瑚樹』を出版したところで、宣伝目的の自殺という見方は、完全には消えないでしょう。太宰の心中が真剣な思いによるものだったと、世間が信じきってはいないから」

「遺書が焼失したことになっていれば、わたしの思惑どおりになってた」

李奈は軽蔑《けいべつ》とともにささやいた。「どうだか」

「現代社会は猜疑《さいぎ》心が強すぎ。すなおに太宰の遺書を本物と信じればいいのに」

「小松さん」李奈は声が震えるのを必死に抑えた。「柊さんを殺したんですね」

「坪倉海人さんをね」由紀が世間話のような口調で応じた。「わたしね、彼の担当になってから、ふたりの幸せのために全力で尽くしてきた。彼の夢はわたしの夢だった。そう信じてたのに」

「柊さんは自分の意思で城ヶ島に行ってないですよね？　なんらかの方法で溺死《できし》させたうえで、どこかに隠しておいたんですか？　スマホはあなたが持ちまわって、民宿のすぐわきに置いた。平気な顔で通勤をつづけ、数日後また城ヶ島へ行き、スマホを回収した。遺体を海に投棄したのは、発見された直前ですか。クルマで運んだんですか？」

「そんなのいちいちきく？」由紀が見かえした。「だいぶ前に死んでたとはいっとく。太宰の五通目の遺書発見って報道より、あきらかに前に死んでなきゃね。太宰の遺書に影響されただけの、無名作家の自殺って思われちゃ、本のパブリシティ効果が弱まっちゃう」

田野瀬編集長が目を伏せたのを、李奈は視界の端にとらえた。

李奈のなかに憤怒《ふんぬ》がこみあげてきた。「私小説は作家の心そのものでしょう。結末を書き換えたんじゃ意味なくないですか」

由紀の目はもう李奈をとらえていない。ただ虚空を眺めていた。「あなたはそういえるよね。主人公と結ばれてハッピーエンドだもん」

「どんな結末でも、わたしは作家が書いたものを受けいれます」

「恵まれた結末を知ったからでしょ。あなたが振られて終わりだったら？　傷つかない？　柊が好きじゃなかったの？」

かすかな動揺が鋭く胸をよぎる。それでも李奈は由紀から顔をそむけなかった。

「作品は書き手の一部です。作者の人生もすなおな思いも、すべてそこにあります。読書を真面目にとらえたがらない人は、ただ真実を正視するのを恐れてる」

由紀があきらめぎみに苦笑した。「太宰は山崎富栄に、太田静子よろしく日記を書かせたでしょ。『斜陽』と同じく、日記をもとに小説を書くつもりだった。結末に入水自殺未遂を付け足して、説得力を増すためにも、富栄の日記を必要とした。……太宰自身は狂言を疑われつつあったし」

「日記をもとに創作することで、愛する人の心情を理解しようとしたのかも」

「ほんと純粋すぎる……。あなたみたいな人が生粋の太宰ファンなんだね」由紀の顔に翳《かげ》がさした。「彼の心も透き通ってた。個人事業主たる小説家としちゃ、あまりにピュアで、なんの打算もなくて」

柊日和麗の面影がちらつく。李奈は胸中を満たそうとする哀愁に逆らった。「混じり気のない本物の純文学だったんです。彼は芸術家だった。あの才能を失わせるべきじゃなかった」

「才能なんかより、彼そのものを失いたくなかった。あなたもそうでしょ」由紀は李奈を見上げてきた。「なんで彼がバイトしなくても暮らせてたと思う？　わたしが彼を……。浮気性のお年寄りに身体を売ってでも、彼が大成するまでは支えていこうって……」

戸惑いと混乱が生じた。李奈は言葉を失っていた。弾力のない心が追い詰められ、どこにも置き場がない。

沈黙がしばしつづいた。扇田刑事が歩み寄ってきた。「小松さん。これまでの発言は自白ととらえていいですね？　あとの話は署でききます」

由紀は座ったまま片手をあげ、扇田を制した。なおも焦点のさだまらない目で、由紀はひとりごとのようにいった。「三流小説なら、色恋沙汰《ざた》の殺人を見抜かれた犯人は、持ってた刃物か拳銃《けんじゅう》で自殺して終わりでしょ。いまそうしたい気分だけど、あいにくなにも持ってない」

李奈はささやいた。「一流小説にも、そういう結末はありますよ」

『ナイルに死す』とか？」由紀は妙に饒舌《じょうぜつ》になった。「終盤に重要人物が命を絶ったあと、余韻を残すべきなのに、ポアロが長々とピストルのでどころを喋《しゃべ》るでしょ。文庫で半ページ近くも。あれ不自然だし陳腐じゃない？」

「……さあ。ほかに台詞《せりふ》をいれるところがなかったのかも」

「アガサ・クリスティーもわかってないとこがある。編集者としてあの台詞には、朱《あか》で大きく×をいれてあげるのに」

「小松さん」李奈は静かに告げた。「アガサ・クリスティーが書いたのがポアロですよ。あなたじゃなくて」

由紀のうつろなまなざしはガラス玉のようだった。扇田にうながされるまま、由紀はゆっくりと立ちあがった。岩橋刑事も近づいてきた。制服警官らが包囲を狭める。いましがた由紀が自殺をほのめかしたせいだろう。

けれども由紀は冷やかな表情を変えることなく歩きだした。醒《さ》めたまなざしを田野瀬編集長に投げかける。田野瀬はこわばった顔でうつむいた。

聡美は目を潤ませていた。誰もが固唾《かたず》を呑《の》んで見守るなか、由紀の後ろ姿がドアに消えていく。大勢の警官らが歩調を合わせる。

李奈はその場にたたずんだ。寂しさを増していく室内の空気を肌身に感じる。油断すると、あらゆる感情がうねり、暴走を始めてしまいそうだ。いまはすべての思いを遠ざけるしかない。

柊日和麗と出会わなければよかったのだろうか。答えはなにも書いていない原稿のようだった。空虚な想像だけが浮かんでは消える。的確な文章表現は思いつかない。ひとことも綴《つづ》れない。

27

春の陽射しは都会のビル群にもふしぎな色彩を生む。くすんだ灰いろにはちがいないが、そこになんらかのいろが見てとれる。この季節は透明な風が存在を誇示するように強く吹く。厄介なかぎりだが、タクシーに乗っているいまは、なんら迷惑を被ることもない。

李奈は後部座席に揺られていた。靖国《やすくに》通りはさして混んでいない。本当は電車で来たかったが、横に座る優佳が断固として反対した。美容室で綺麗《きれい》にセットしてもらったのに、びゅうびゅう風が吹いてるなかを歩いていってどうすんの。優佳はそういって、率先してタクシーを呼んだ。

前方の助手席にはスーツ姿の兄、航輝がおさまっている。わずかに振りかえり航輝がきいた。「どうした？　ずっと無口だな」

優佳が笑った。「サイン会で嫌というほどお客さんと喋らなきゃいけないからさ。いまは黙っていたいんでしょ」

李奈は苦笑してみせた。「そうじゃないけど……」

「わかるよ」優佳が穏やかにささやいた。「今度もまたいろいろあったんだし。いまは読者と触れあうことだけを考えて」

「……だよね」李奈はため息をついた。「ねえ優佳」

「なに？」

「太宰治って、ほんとはどんな人だったんだろ」

「またそれ？」

「どういう気持ちで小説を書いてたのかな。なんで命を絶ったのかな……」

「真実はね」優佳がいった。「読者ひとりひとりの心のなかにあるんじゃない？　それだけの数の太宰治がいて、思いも千差万別、多種多様」

「それって……。作家論じゃなくテクスト論？」

「そんなに堅苦しく区分しようとしないでよ。太宰治って作家、玉川上水に消えたんだっけ？　ちがうでしょ。生きつづけてる。わたしたちにとっちゃ頭痛の種。明治四十二年生まれなのに、いまだに現役バリバリで、初刷《しょずり》部数も書店の平積みも奪ってくるし」

李奈は思わず顔がほころぶのを自覚した。「ときどき書店フェアも催されるしね」

「そう。彼の唯一の弱点といえば、サイン会をしたくてもできないこと。そう思いきや、売り場に太宰治フェアの看板を掲げただけで、また売り上げが伸びる。わたしたちにとっては、永遠にめざすべき目標かも」

「純文学なんか書けないよ……」

航輝がまた振り向いた。「俺は李奈の小説こそ本物の文学だと思ってる」

「そういうのはもういいから」李奈はため息を漏らした。優佳と顔を見合わせ、互いに笑い声をあげた。

タクシーが小川町《おがわまち》の交差点を通過した。この先の左側に、三省堂書店の神田《かんだ》本店があるが、いまはビルの建て替え中だった。しばらく先に仮店舗ができている。交差点からは百五十メートルほど離れていた。ところがどういうわけか、交差点からそちらへと長蛇の列が延びている。

「そのへんで」と航輝がいった。タクシーが減速しつつ歩道に寄せていく。

李奈は車外をのぞいた。「なに？　この列……」

優佳が答えた。「サイン会のお客さんだって」

「まさか。櫻木沙友理《さくらぎさゆり》さんでも来てる？」

「なんでそんなに自分を過小評価すんの？　まちがいなく李奈めあてに集まった人たちだって」

タクシーが停車したのは、ビルの正面を改装した茶いろのテナントの前だった。三省堂書店の看板が埋めこんである。仮店舗だが常設並みの豪華さだった。驚くべきことにさっきの列は、たしかに書店のなかへとつづいている。

後部座席のドアが自動的に開き、李奈は車外に降り立った。並んでいる人々が笑顔を向けてくる。スマホカメラで撮影しようとする動きすら目につく。

「ほら」優佳が並んで立った。「人気者はつらいね」

李奈は困惑をおぼえ、そそくさと店のエントランスに向かった。「ワイドショーが事件をしつこくとりあげたから……。わたしのことなんか触れなくていいのに」

優佳が歩調を合わせてきた。「大手の週刊誌記者が揃って謎解きの現場に居合わせたんだよ？　あんな人たちの口に戸は立てられない。当然じゃん」

「純粋に小説家として評価されたかった」

「されてるって。李奈は本物。イロモノあつかいなんかされてない。本当に事件に向き合ってきた作家だって、いまじゃみんなが認識してる。そんな李奈が書いたものだから、みんなが読みたがってるんだよ」

航輝が追いかけてきて、三人で店内へと入った。サイン会に出席する作家でも、書店にはふつうにエントランスから入るのが常だ。列に並ぶ人々が手を振ってくる。どうもまだ状況になれない。李奈は恐縮しながら頭をさげ、冷や汗とともに階段を駆け上った。

二階の売り場の真んなかにサイン会場ができていた。列はその手前まで来ている。会場となるテーブルの周りには、見慣れた顔がいくつもあった。スーツの記者たちが群がるように立っている。講談社の浅井に、小学館の山根、新潮社の寺島と、文藝春秋の岡野、そしてKADOKAWAの武藤。

李奈はおじぎをした。「おひさしぶりです……。どうなさったんですか。なんでここに？」

浅井が苦笑いを浮かべた。「なんでって、取材対象を追うのが記者の役割だよ」

「取材対象……。わたしですか？」

寺島がテーブルに歩み寄り、李奈用の椅子を引いた。「さあどうぞ、大先生。杉浦李奈の名がまた報道で広く知れ渡り、作家としてもワンランクアップ。サイン会も大盛況。そこまで書かないと記事として成立しない」

　李奈は着席しながら疑問を呈した。「列に並んでるみなさまも、純粋な読者じゃなくて、事件のことをききたくてお集まりになったのでは……？　無理に小説を売りつけてるのと同じですよね？」

　山根記者が澄まし顔で近づいてきた。「ちがう。きみが書いた小説だから、誰もが読みたいと望んでるんだよ」

「ノンフィクション小説じゃなく、架空の話なのにですか？」

「本物のきみという存在が書いたフィクション小説だ」山根が声をひそめた。「うちの文芸もきみに興味を持ってる。小学館はすぐ近くだ。よければこのあと寄ってほしい」

　岡野記者が咳《せき》ばらいをした。「山根さん。抜けがけはルール違反だよ」

　優佳が李奈の顔をのぞきこんだ。「いったとおりでしょ。李奈。どんどん大きくなるね」

　李奈はまだ信じられない気分だった。「優佳。ありがとう……」

「お互いさま。わたしも来月、集英社文庫の新作をだすから、書店めぐりにつきあって」

「もちろん行く」李奈は店内の賑《にぎ》わいを見渡した。「でもこんなの夢みたい」

できれば純粋に小説で評価されて、こういうあつかいを受けたかった。けれども優佳や記者らが口を揃えるように、本当は大差ないのかもしれない。小説の小手先の技術だけで、読者が喜ぶはずはない。あるのは心をこめてこそ通じあえる、人と人との関係そのものだ。信念が実を結びつつあるのだとすれば、道のりが多少想像とちがっていても、ゴールはきっと同じになる。

まだ列の先頭は、店員に押しとどめられ、テーブルから少し離れている。しかし関係者用のスペースに、もうひとりスーツが現れた。扇田刑事が花束を手に歩み寄ってきた。「杉浦先生。サイン会開催、おめでとうございます」

李奈はあわてて立ちあがった。「扇田さん！　わざわざお越しくださるなんて」

「警察が大変お世話になりましたからね」扇田がふと思いついたようにいった。「ああ、それと……。立川署の捜査員から預かってきました。坪倉海人さん、いえ柊日和麗さんの遺品から、これが見つかったと」

差しだされたのは絵葉書だった。美しい湖畔の写真が載っている。宛先《あてさき》はKADOKAWA富士見ビルの編集部。彼にはまだ住所を教えていなかったからだ。

添えられた日付は失踪《しっそう》の数日前。ポストに投函《とうかん》する前だったのだろう。柊日和麗からのメッセージがそこに綴《つづ》られていた。

杉浦李奈さんへ
サイン会にはかならず行きます　僕たちは似たものどうしだね
柊日和麗

胸の奥に張り詰めた糸が切れたように感じられる。憐憫《れんびん》に似た思いがこみあげてくる。うっかりすると滲《にじ》みそうになる涙を反射的に堪《こら》えた。あたかも柊がすぐ近くにいて、静かに語りかけてくる、そんな気がした。

彼は李奈と同じ希望を抱いていた。小説を通じ、できるだけ多くの読者とつながることを、なによりの喜びと感じた。彼も歓迎してくれるにちがいない。きょう李奈がここにいる事実を。

店員が呼びかけてきた。「そろそろ始めます」

李奈は周囲を見まわした。「菊池さんは？」

武藤記者が応じた。「さっき電話がありました。会議が長引いて遅れてるそうです」

航輝が隣に立った。「しょうがないな。俺が代打を務めるよ」

優佳は心配そうな顔で航輝にたずねた。「グラシンペーパーの挟み方、わかってます?」

「だいじょうぶだよ。前にサイン会に立ち会ったとき見たから」

サイン会が始まった。列の先頭が距離を詰めてくる。李奈と年齢の近そうな女性が笑顔でおじぎをした。

「こんにちは」李奈は挨拶《あいさつ》しながら椅子に座った。テーブルに置かれた本に目を落とす。

なんともいえない感慨にとらわれる。四六判ハードカバーの表紙。『トウモロコシの粒は偶数』だった。

李奈は見返しを開きながら話しかけた。「ありがとうございます。……あのう、わたしの小説をお読みになるのは初めてですよね?」

「いえ」女性読者が応じた。『マチベの試金石』が素晴らしかったので、こちらも拝読したいと思いまして」

「……わたしを知ったのは最近ですか?」

「ニュースでよくお名前を耳にしますけど、興味を持って小説を拝読してみたら、とても面白かったので」

李奈は思わず周囲に目を向けた。誰もが温かく見守るなか、優佳が無言のうちに告げてきた。いったとおりでしょ、自信を持って。

李奈のなかにあった圧迫感が、いつしか消えていった。いまは心が綿のように軽い。柊日和麗のことを想った。彼もきっと李奈の現状を誇らしく感じてくれるだろう。

この本にサインする日を夢見てきた。いちど挫折《ざせつ》し、ようやくまた光を浴びた気がする。『トウモロコシの粒は偶数』。見返しに李奈はペンを走らせた。一歩ずつ歩いていけばいい。人生の新章はこれから始まるのだから。

解説

西《にし》上《がみ》心《しん》太《た》（書評家）

〈作家になるのは簡単だが、作家であり続けるのは大変だ〉

本書の主人公杉浦李奈《すぎうらりな》は年齢に似合わず、文学に対しては博覧強記を誇るが、その彼女でもこの言葉の出典は知らないかもしれない。日本推理作家協会賞、直木三十五《なおきさんじゅうご》賞、柴田錬三郎《しばたれんざぶろう》賞、吉川英治《よしかわえいじ》文学賞、日本ミステリー文学大賞など、エンターテインメント小説のメジャーな賞を次々と受賞し、二〇二二年に紫綬褒章《しじゅほうしょう》も授けられた大沢《おおさわ》在昌《ありまさ》が、江戸川乱歩《えどがわらんぽ》賞など新人賞授賞式の選評スピーチや、二次会のお祝いスピーチでよく披露していた言葉であるからだ。もっとも大沢さんのオリジナルなのか、以前から伝わる言葉であるのかは不明だが。

この言葉を額面通りに受け取られても困る。正しくは〈作家になるのは容易《たやす》くないが、その困難を乗り越えデビューできたとしても、長年プロ作家のキャリアを保ち続けることはそれ以上に大変だ〉というのが真の意味であるからだ。

たとえ出典を知らなくても、杉浦李奈はこの言葉の真意を身に沁《し》みて感じているはずだ。本書『écriture　新人作家・杉浦李奈の推論Ⅷ　太宰治にグッド・バイ』はécritureシリーズの八作目に当たる作品だが、初めて接する読者の方のために、このシリーズの復習をしておこう。

杉浦李奈は初登場時では二十三歳。小説投稿サイト〈カクヨム〉にアップした作品が目に止まり、KADOKAWAから三作、他社から一作ライトノベルを発表している。初の一般文芸の単行本『トウモロコシの粒は偶数』を上梓《じょうし》し、たまたま対談相手になった日本文学研究の第一人者で、初の小説が大ベストセラーを記録した岩崎翔吾《いわさきしょうご》に推薦文を依頼した直後、岩崎の新作に盗作疑惑が持ち上がってしまった。李奈は版元からの依頼で、この疑惑に関する取材をすることになるのだが、やがて失踪《しっそう》していた岩崎の変わり果てた姿を発見してしまう……、というのが第一作の内容である。

続いてベストセラーを連発するミステリー作家の新作が物議を醸すのが『～Ⅱ』である。未解決の幼女失踪事件をモデルにしたその作品に書かれたとおり、幼女の遺体が発見される。その直後、くだんの作家は車ごと岸壁から海に飛び込み死亡してしまう。

『～Ⅲ　クローズド・サークル』では、サブタイトルにあるように、李奈たち九人の作家を含む十二人が離島のリゾート施設で、アガサ・クリスティーの『そして誰もいなくなった』を髣髴《ほうふつ》する事件に巻き込まれる。

李奈も被害に遭ったパクリ作品を量産する新人作家に関わりながら、「シンデレラ」物語の原典を探索するのが『～Ⅳ　シンデレラはどこに』だ。

『～Ⅴ　信頼できない語り手』では、シリーズ中最も派手で恐ろしい事件が起きる。日本小説家協会の懇親会が開かれていたホテルの宴会場で発火装置による火災が発生し、作家、評論家、編集者などあわせて二百十八名が死亡する大惨事が出来《しゅったい》するのであるから。やがてネットでは「疑惑の業界人一覧」なるサイトが現われ、懇親会を欠席した作家に謂《いわ》れなき疑いの目が向けられる。本書では万能鑑定士Qシリーズでおなじみの小笠原莉子《おがさわらりこ》（旧姓・凜田《りんだ》）が登場するのもうれしい趣向だ。

芥川龍之介《あくたがわりゅうのすけ》の「桃太郎」を模したような殺人事件が起きるのが『～Ⅵ　見立て殺人は芥川』だ。李奈はいつしか警察から一目置かれるようになり、臨場を乞《こ》われるまでになる。

『～Ⅶ　レッド・ヘリング』がそれまでの六作と違うのは、李奈に対して直接悪意が向けられるところだろう。李奈の著作に対するアマゾンの評価がのきなみ星一つになるだけでなく、李奈の原稿を偽った官能小説が版元に送付されたり、ホスト遊びにかまける李奈のフェイク映像が実家に送られるなど、偽計業務妨害や名誉毀損《めいよきそん》にあたるような仕打ちを受けるのだ。やがて嫌がらせの黒幕であることをほのめかす実業家が李奈の前に現れ、一度は断った幻の和訳新約聖書探索を強要するのだ。

　このように駆け出しの若手作家である杉浦李奈が、心ならずも文学や文壇に絡んだ事件の調査に関わっていくというのが、シリーズを通してのテーマとなっている。盗作問題、モデル小説が及ぼす危険性などを通して、儲《もう》け主義《しゅぎ》に走る出版社の姿勢なども同時にあぶり出されるのだ。これがこのシリーズの第一の特徴である。

　第二がKADOKAWA、新潮社、小学館、文藝春秋《ぶんげいしゅんじゅう》など実在する出版社が実名で登場することだ。それだけではなく、日本推理作家協会の懇親会のシーンや、編集者と作家の打合せ風景、新人賞の裏側などがリアルに描かれていることも注目に値するだろう。もちろん場面によって誇張されたり戯画化されたところもあるが、これだけ遠慮会釈なく出版業界の実態を活写した作品は例を見ない。

「もっと宣伝してくれりゃいいのに。KADOKAWAはケチだよね。わたしたちが少しばかり稼いでも、どうせ所沢《ところざわ》のサクラタウンの修繕費に消えちゃうんでしょ」(Ⅶ)と李奈の親友の作家・那覇優佳《なはゆうか》に言わせるなど、忖度《そんたく》のない書きっぷりが随所に見られるので、痛快に感じる読者も多いだろう。

第三が李奈の成長物語であることだ。李奈は常に「作家であり続ける」ことに強い不安を抱きながら創作に向き合っている。数冊の著作があるとはいえ重版もかからず、次の作品のプロットを練ってもなかなか担当編集者から色よい返事がもらえない。他社からのオファーがあるわけでもなく、もちろん連載などは夢のまた夢。阿佐ヶ谷《あさがや》駅から徒歩十七分の木造アパートに住んでいるが、作家の収入だけではとても暮らせないため、コンビニでアルバイトをしているのが現状だ。さらに性格も内向的だった。カクヨム出身のラノベ作家と卑下し、押しが弱く、逆に相手の意向には流されがちだった李奈が、いくつもの事件に向かい合い、貴重な経験を積んで行くうちに性格が変化するだけでなく、作家としても成熟していくのだ。

作家として徐々にステップアップしていった李奈はついにⅦで、二作目の一般文芸書が本屋大賞にノミネートされ重版も決定し、その上昇気流に乗って鉄筋のマンションに引っ越すことになる。

そんな環境と立場の変化、自分自身に直接降りかかった火の粉をはらった李奈の活躍を描いたⅦまでの物語は、ドラマでいえばシーズン1に当たるのではないだろうか。

そして筆者がシーズン2の始まりと勝手に位置づけた本書では、ついに李奈は紀伊《きの》國屋《くにや》書店新宿本店でサイン会を開くまでになる。隔世の感があるではないか。

本書は一作目以来となる太宰治をめぐる話題がテーマとなる。太宰が山崎富栄《やまざきとみえ》との心中に際し書いたとされる新たな遺書が発見されるのが発端だ。科学鑑定で当時の墨と紙であることが判明、遺書は筆跡鑑定家の南雲亮介《なぐもりようすけ》に回される。ところが鑑定の最終段階で、南雲宅の仕事部屋から小火《ぼや》が出て、南雲は一酸化炭素中毒で死亡、問題の遺書は焼失してしまったのだ。南雲は正式な鑑定書を出す前から、本物に間違いないというだけでなく、中絶した最後の作品「グッド・バイ」に沿うような内容だったと口にしていた。現場は密室状態だったが、自殺と断定できない警察は李奈に協力を求めるのだった。

一方、同じ本屋大賞にノミネートされ、その授賞式で出会った純文学作家の柊日和《ひいらぎひか》麗《り》が失踪した。柊にほのかな好意を抱いていた李奈は、彼の担当編集者の依頼で彼の行方も追い始める。

太宰治の五通目の遺書という、フィクションとわかっていても心を揺さぶられるテーマに興が湧《わ》かない読者はいないだろう。仲の良い男性作家から向けられる熱い視線にもまったく気がつかないなど、これまで色恋とは無縁だった李奈の胸の裡《うち》が描かれるのも読みどころだ。文学史上の大発見と、李奈の恋の相手の失踪がどのように結びつくのか、最後まで予断を許さない。

作家として、文芸界のトラブル解決人として、ステップアップしていく杉浦李奈の活躍から、今後も目を離せそうにない。

本書は書き下ろしです。

この物語はフィクションであり、登場する個人・団体等は、現実と一切関係がありません。

écriture《エクリチュール》 新人作家《しんじんさっか》・杉浦李奈《すぎうらりな》の推論《すいろん》 VIII
太宰治《だざいおさむ》にグッド・バイ

松岡圭祐《まつおかけいすけ》

令和5年 2月25日 初版発行

発行者●山下直久

発行●株式会社KADOKAWA
〒102-8177 東京都千代田区富士見2-13-3
電話 0570-002-301(ナビダイヤル)

角川文庫 23551

印刷所●株式会社暁印刷
製本所●本間製本株式会社

表紙画●和田三造

●お問い合わせ
https://www.kadokawa.co.jp/ (「お問い合わせ」へお進みください)
※内容によっては、お答えできない場合があります。
※サポートは日本国内のみとさせていただきます。
※Japanese text only

ISBN 978-4-04-113479-5 C0193

◇◇◇

角川文庫発刊に際して

角　川　源　義

第二次世界大戦の敗北は、軍事力の敗北であった以上に、私たちの若い文化力の敗退であった。私たちの文化が戦争に対して如何に無力であり、単なるあだ花に過ぎなかったかを、私たちは身を以て体験し痛感した。西洋近代文化の摂取にとって、明治以後八十年の歳月は決して短かすぎたとは言えない。にもかかわらず、近代文化の伝統を確立し、自由な批判と柔軟な良識に富む文化層として自らを形成することに私たちは失敗して来た。そしてこれは、各層への文化の普及滲透を任務とする出版人の責任でもあった。

一九四五年以来、私たちは再び振出しに戻り、第一歩から踏み出すことを余儀なくされた。これは大きな不幸ではあるが、反面、これまでの混沌・未熟・歪曲の中にあった我が国の文化に秩序と確たる基礎を齎らすためには絶好の機会でもある。角川書店は、このような祖国の文化的危機にあたり、微力をも顧みず再建の礎石たるべき抱負と決意とをもって出発したが、ここに創立以来の念願を果すべく角川文庫を発刊する。これまで刊行されたあらゆる全集叢書文庫類の長所と短所とを検討し、古今東西の不朽の典籍を、良心的編集のもとに、廉価に、そして書架にふさわしい美本として、多くのひとびとに提供しようとする。しかし私たちは徒らに百科全書的な知識のジレッタントを作ることを目的とせず、あくまで祖国の文化に秩序と再建への道を示し、この文庫を角川書店の栄ある事業として、今後永久に継続発展せしめ、学芸と教養との殿堂として大成せんことを期したい。多くの読書子の愛情ある忠言と支持とによって、この希望と抱負とを完遂せしめられんことを願う。

一九四九年五月三日

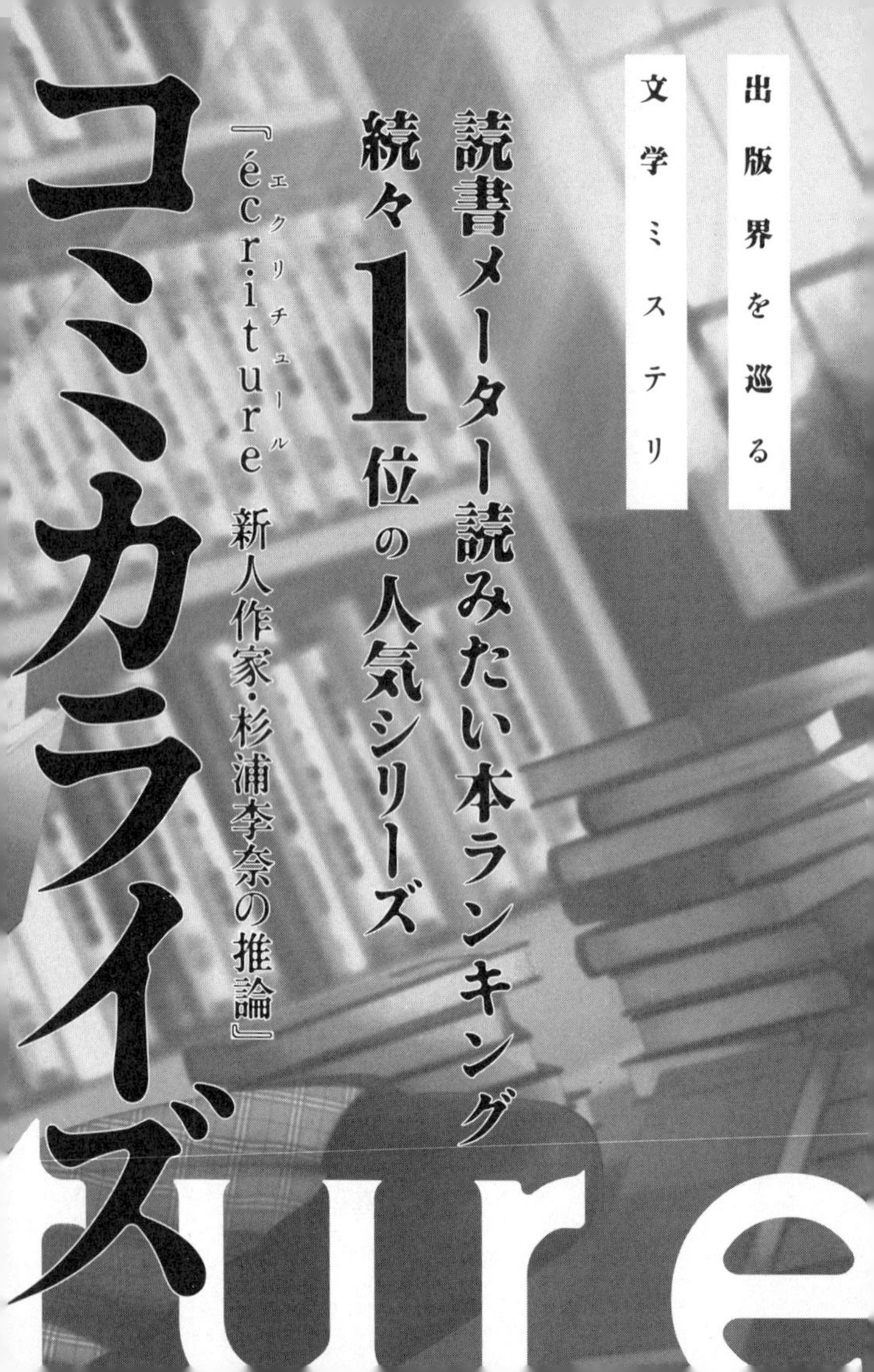

出版界を巡る
文学ミステリ
読書メーター読みたい本ランキング
続々1位の人気シリーズ
『écriture《エクリチュール》新人作家・杉浦李奈の推論』
コミカライズ
ture

ヤング
YOUNG DRAGON AGE
ドラゴンエイジ
決定!!
「ヤングドラゴンエイジ」2023年6月末発売号から連載スタート!!
原作：松岡圭祐
漫画：nuso

杠葉瑠那《ゆずりはるな》は誰だ――？
衝撃の新章

『高校事変13』

松岡圭祐

2023年3月25日発売予定
発売日は予告なく変更されることがあります。

角川文庫

「高校事変」を超えた
青春バイオレンス文学

好評発売中

『JK』

著：松岡圭祐

川崎にある懸野高校の女子高生が両親と共に惨殺された。犯人は地元不良集団と思われていたが、警察は決定的な証拠をあげられない。彼らの行動はますますエスカレート。しかし、事態は急展開をとげる——。

角川文庫